中国教育学会中学语文教学专业委员会专家审定

青少年经典阅读书系 〔名师解读〕
QINGSHAONIAN JINGDIAN YUEDU SHUXI

MOFADAO

魔法岛

【一部让人匪夷所思的童话传奇】

〔美〕弗兰克·鲍姆◎著

《青少年经典阅读书系》编委会◎主编

首都师范大学出版社
CAPITAL NORMAL UNIVERSITY PRESS

图书在版编目(CIP)数据

魔法岛/《青少年经典阅读书系》编委会主编.—北京：
首都师范大学出版社,2011.11(2025年2月重印)
(青少年经典阅读书系.奇遇系列)
ISBN 978-7-5656-0595-6

Ⅰ.①魔… Ⅱ.①青… Ⅲ.①童话-美国-近代-缩写
Ⅳ.①I712.88

中国版本图书馆 CIP 数据核字(2011)第 256500 号

魔 法 岛

《青少年经典阅读书系》编委会 主编

策划编辑 徐建辉

首都师范大学出版社出版发行
地　　址　北京西三环北路 105 号
邮　　编　100048
电　　话　68418523(总编室)　68418521(发行部)
网　　址　www.cnupn.com.cn
印　　厂　廊坊市安次区团结印刷有限公司
经　　销　全国新华书店发行
版　　次　2012 年 7 月第 1 版
印　　次　2025 年 2 月第 7 次印刷
书　　号　978-7-5656-0595-6
开　　本　710mm×1000mm　1/16
印　　张　10
字　　数　104 千
定　　价　35.00

总　序

Total order

　　被称为经典的作品是人类精神宝库中最灿烂的部分，是经过岁月的磨砺及时间的检验而沉淀下来的宝贵文化遗产，凝结着人类的睿智与哲思。在滔滔的历史长河里，大浪淘沙，能够留存下来的必然是精华中的精华，是闪闪发光的黄金。在浩瀚的书海中如何才能找到我们所渴望的精华——那些闪闪发光的黄金呢？唯一的办法，我想那就是去阅读经典了！

　　说起文学经典的教育和影响，我们每个人都会立刻想起我们读过的许许多多优秀的作品——那些童话、诗歌、小说、散文等，会立刻想起我们阅读时的那种美好的精神享受的过程，那种完全沉浸其中、受着作品的感染，与作品中的人物，或者有时就是与作者一起欢笑、一起悲哭、一起激愤、一起评判。读过之后，还要长时间地想着，想着……这个过程其实就是我们接受文学经典的熏陶感染的过程，接受文学教育的过程。每一部优秀的传世经典作品的背后，都站着一位杰出的人，都有一个高尚的灵魂。经常地接受他们的教育，同他们对话，他们对社会与对人生的睿智的思考、对美的不懈的追求，怎么会不点点滴滴地渗透到我们的心灵，渗透到我们的思想和感情里呢！巴金先生说："读书是在别人思想的帮助下，建立自己的思想。""品读经典似饮清露，鉴赏圣书如含甘饴。"这些话说得多么恰当，这些感

总 序
Total order

受多么美好啊！让我们展开双臂、敞开心灵，去和那些高尚的灵魂、不朽的作品去对话，交流吧，一个吸收了优秀的多元文化滋养的人，才能做到营养均衡，才能成为精神上最丰富、最健康的人。这样的人，才能有眼光，才能不怕挫折，才能一往无前，因而才有可能走在队伍的前列。

"首师经典阅读书系"给了我们一把打开智慧之门的钥匙，会让我们结识世界上许许多多优秀的作家作品，会让这个世界的许多秘密在我们面前一览无余地展开，会让我们更好地去感悟时间的纵深和历史的厚重。

来吧！让我们一起品读"经典"！

国家教育部中小学继续教育教材评审专家
中国教育学会中学语文教学专业委员会秘书长　苏立康

丛书编委会

丛书策划　李佳健
　　　　　王　安
主　　编　李佳健
副主编　张　蕾
编　　委（排名不分先后）
　　　　　张　蕾　李佳健　安晓东　王　晶　高　欢
　　　　　徐　可　李广顺　刘　朔　欧阳丽　李秀芹
　　　　　朱秀梅　王亚翠　赵　蕾　黄秀燕　王　宁
　　　　　邱大曼　李艳玲　孙光继　李海芸

阅读导航

　　鲍姆曾说："我的书是为那些心灵永远年轻的人写的，无论他们年纪有多大。"他热爱儿童文学创作，常以几个不同的笔名去写其他的书籍。他曾用弗洛伊德·艾克斯的笔名，写了6本给男孩子的书；又以伊迪斯·凡·戴恩的笔名，写了24本给女孩子的书；并以舒勒·斯汤顿的笔名，写作了两部长篇小说：《小丑的命运》（1905年）和《命运的女儿》（1906年）。他一生共写作了62本书，其中大多是为孩子写的。同样都是童话，但我们都知道童话与童话是不一样的，鲍姆的童话也有自己的特点，那就是充满了脉脉温情，看鲍姆的童话，你不会痛哭流涕、悲伤不已，只会淡淡微笑，始终充满快乐。他就像是个善良的织梦者，小心翼翼地为孩子们编织着一个个温暖香甜的美梦。

　　《魔法岛》是鲍姆的佳作之一，这是一个为孩子们精心编织的童话故事。故事发生在一个美丽富足的岛屿——约岛，岛上有五个由人类统治的国家，还有各类精灵盘踞的树木、山谷。岛上的人们从仙人、精灵那里学到魔法，成了巫师或者魔法师，他们神通广大，约岛也因此被称为"魔法岛"。故事的主人公是位美丽的仙女，她神通广大却又厌倦了日复一日、没有变化的神仙生活。于是仙女在一个小女孩儿的帮助下变成了英俊帅气的奇迹王子。奇迹王子打败了大盗贼，骑着马带着侍从游历了整个魔法岛。一路上他们见识到了各种各样奇奇怪怪的事情，在每一个国家都留下了他们的足迹。其间发生了很多精彩的故事，有的让人啼笑皆非，有的让人匪夷所思，有的紧张刺激，有的温情脉脉……

本来仙女的故事就足够吸引人了，更何况是一个不甘一直过神仙生活的仙女变成的英俊王子闯荡世界的故事。一个以历险为目的的王子，一个以受罪为目的的侍从，两个人从山洞中结识并相伴前行，一起走过恐怖的斯波尔王国，走过奇特的特崴国，在奥利尔国揭穿大骗子的真面目，在唐纳国经历真正的冒险，一路上不断有新的伙伴加入，不断有新的奇遇发生。最后，奇迹王子成了整个魔法岛上鼎鼎有名的大人物，他的名字响彻整个海岛。

就像本书作者曾经说过的那样："……应该让孩子在童话故事中寻找快乐，并且轻松地忘掉那些让人不愉快的经历。"奇迹王子的魔法岛历险记，就是这样一部不断为孩子们创造快乐的童话传奇。

目录

目录

序言　我要讲的故事

我要讲的故事是一次令人难忘的历险，它发生在很久很久以前。

你也许很奇怪，为什么许多事情都发生在很久很久以前呢？

那是因为很久很久以前，在我们生活的地球上，没有汽车，没有飞机，也没有火车，那时候，苍穹之下，只有大自然和她的孩子们，人们日出而作，日落而息，生活俭朴极了。最重要的是，那时候，人们手里没有任何书本，许多故事都是口口相传的——人们如何狩猎，如何劳作，如何在克服困难时得到了仙人们的帮助，等等。

那个时候，人们熟悉并敬重着仙人。仙人们宽厚仁爱，总是不遗余力地帮助着人们，所以，人们在讲述那些神话故事的时候总是带着一种敬畏的、低沉的语调，而听的人也从不怀疑那神话故事的真实性。

所以，一讲起故事，我们就总会追溯到"很久很久以前"。

第一章

故事发生的地方：美丽而富足的魔法岛，这里居住着人类，也住着仙人与可爱的小精灵。

约岛是一座美丽的岛屿，它坐落在大海的中央，岛上一共有五个国家，全部由人类统治。

但是约岛却是神秘的。

为什么这么说呢？因为在约岛神秘的大山里，住着许多精灵。岛上有的人就近拜师学艺，从精灵那里学到了许多神奇的法术，他们中的许多人也成了神通广大的巫师或魔法师。所以，在约岛的岛民里头，谁是魔法师，谁是老百姓，谁也分不清。人们索性把约岛也叫做"魔法岛"了。

这个岛呈圆形——像一个馅饼似的坐落在大海中。全岛的东西南北四个部分，分别由四个不同的国家统治着。中央切出的很大一块是位于群山之中的第五个王国——斯波尔王国。

斯波尔王国的国王叫特里巴斯，他的臣民不多，也没人见过这位国王。斯波尔国的人有个坏毛病：他们经常从山里头冲出来，抢夺其他四个王国的财物，也从来不觉得这种行为可耻！那些出来抢劫的居民都十分吓人：有些是拿着大棒子的巨人，有些是投掷着火飞镖的小矮人，其余的则是冷酷的"斯波尔灰种人"——这是斯波尔国的居民里最可怕的人种。因此，其他王国的人们见着他们就只能逃跑了。就因为这样，其他国家的居民，有钱的就都住在城堡里。居民们也从不让孩子们跑得太远，为的是防范那些到处流窜的劫匪。这些劫匪会把孩子偷走，然后向孩子的父母索要一笔很高的赎金。值得庆幸的是，这些凶猛的斯波尔武士通常每年只外出劫掠一次，至多不过两次。

总的来说，魔法岛上居民们的生活是快乐而富足的：全世界没有哪一处的牧草能比魔法岛上的更绿，没有哪一处的森林能比魔法岛上的更茂密宜人，没有哪一处的天空能比魔法岛上的更明媚，也没有哪一处的海水能比魔法岛的更清澈、更迷人。

第二章

　　故事的开始：莫德男爵的掌上明珠——茜茜里小姐和她的两个玩伴无意中闯入了鲁尔拉森林的"仙人居"。

魔法岛上东面的王国叫唐纳国；西面是奥利尔王国；位于海岛南端的普兰塔，这是一个长满鲜花和果实的国家；海岛的北部是海格王国，这个国家居住着许多大贵族，他们连斯波尔国的武士都不怕。我们的故事从海格王国讲起。

　　在海格王国，有个声名显赫的莫德男爵。他的城堡宏伟庞大，城墙砌得特别厚实。莫德男爵的城堡矗立在一片美丽的平原上，平原尽头可以望见海浪泛起的粼粼波光。后面，离城堡不远处，是鲁尔拉的森林边缘。

　　在一个美丽的夏日，城门上的看守人打开一扇边门，哐啷一声放下了吊桥。这时，从城堡里走出三个可爱的小女孩儿，她们每人的手臂上都挎着个篮子。走在最前头的，是莫德男爵的独生女，名叫茜茜里。她有着一头漂亮的金发，脸蛋红红的，一双蓝色的大眼睛活泼而可爱。她的两个同伴也都是活泼爱笑的少女，一个叫贝尔娜，是城堡里首席弓箭手的女儿，一个叫海尔达，是侍卫长的侄女，她们的眼睛里显露出调皮的神气，身材灵巧而苗条，都是皮肤微黑的白种人。她们两是美丽的茜茜里小姐最好的朋友和玩伴。

三个女孩儿脚步轻快地上了山，然后没有丝毫的犹豫，一头扎进幽深茂密的鲁尔拉森林。森林里枝叶浓密得几乎透不进阳光，清新的空气里到处弥漫着坚果和苔藓的香甜味。女孩们一路欢快地蹦着跳着，开心极了。

鲁尔拉森林一向被当地的居民称作"精灵的乐园"。不过，茜茜里小姐和她的伙伴们毫不惧怕这些性情温和、待人友善的精灵；相反，她们倒盼望着能跟这些精通法力的精灵见上一面，因为她们喜爱这些精灵——她们从小就知道精灵是人类的守护神。据说，鲁尔拉森林里有住在水中的仙女，还有脾气古怪、长着长胡子的矮仙子。可是，这么多年过去了，谁也没见过他们。

三个女孩儿一边捡拾着坚果，一边开心地采着鲜花，渐渐地走到了森林深处，最后，她们停在一处圆形的林中空地上。脚下，柔软的苔藓和蕨类像铺了一层厚厚的地毯；头顶上，茂盛的枝叶重重叠叠地交织在一起，像一把撑开的美丽的大伞。

"多美啊！"茜茜里小姐看见了这个好地方，不禁惊声叫道，"我们就在这个可爱的'餐厅'里开饭吧。"

从视觉和味觉两方面的描述，使人仿佛身临其境，同时也体现出了三个女孩儿快乐的心情。

精灵的传说为下文仙女的出现埋下了伏笔。

两个比喻将森林中的美描述得非常梦幻，让人充满向往之情。

对三个女孩儿用餐的细节描写充分体现了她们的快乐心情。

贝尔娜和海尔达在草地上铺了一块布，变戏法似的从篮子里取出几只金色的盘子，把她们带来的食物一样一样摆出来。她们开开心心地吃着东西，说着笑着，就跟在城堡里的家中一样自在。不，她们在这惬意的林中空地上用餐，比在城堡里更开心。三个女孩兴致高昂，不论是谁说了一句什么，其他两位立刻就会加入进来，然后就爆发出一阵开心的大笑。

可是，很快，她们的谈笑声中就加入了一个银铃般的清脆笑声，三个女孩不由得吃了一惊。她们顺着声音望去，只见离她们不远处坐着个女孩儿。这个女孩儿特别漂亮，她们三个一看见那女孩儿眼睛就瞪得溜圆，心跳也比刚才加快了不少。

对神态的变化描写得非常传神，并由此反衬女孩儿的美。对衣着与眼睛的重点描述，将其美丽表现得淋漓尽致。

"哎，我得说，你们这样盯着人看是不礼貌的！"新来的女孩儿大声说。她穿着一件婀婀娜娜、闪动着珍珠光泽的玫瑰色长袍，两只眼睛简直比天上的星星还明亮。

"请原谅我们的冒犯。"茜茜里小姐不好意思地说，她努力显出一副尊贵的不为这位美丽非凡的闯入者所动的神态，"可是，你得承认，你没经过我们的邀请就来到了这儿；而且——而且，你的模样的确有点儿奇怪！"

她的话音刚落，林地上又响起了那个女孩儿清脆的笑声。

"没经过你们的邀请？"那女孩儿开心地两手一拍，

笑着说道，"是你们没经过我的邀请，就闯进了我的家里啊！孩子们，你们是不速之客！的确，是你们没经过我的邀请，就进了我的'仙人居'。"

听了这话，<u>三个女孩目瞪口呆</u>——她们惊讶极了。<u>海尔达紧张得连气都喘不过来了。</u>

"'仙人居'！这么说，我们是来到仙境啦！"

"当然。"那女孩回答说，"至于说模样奇怪，我倒要问问，照你们看，一位仙女完全像个人间的少女才不算奇怪？"

"一位仙女！"茜茜里小姐终于回过神来，惊愕地问，"这么说，你真的是一位仙女啦？"

"我不得不懊恼地说：'是的'。"仙女一边认真地点点头，一边用手里那顶端镶银的魔棒在长满苔藓的土垄上轻轻地敲击着。

"可是，你为什么懊恼呢？我一直以为，仙人是世界上最幸福的人呢。"

"或许我们是幸福的。"仙女闷闷不乐地说，"因为我们拥有神奇的魔法，能够帮助那些受苦受难的人。不过，就我本人来说，我实在是厌倦了这种仙人的生活——哪怕是稍稍有点儿变化也好啊！"

"这真怪啦！"贝尔娜忍不住插嘴说，"瞧你的模样还这么年轻，怎么能厌倦仙人的生活！"

听她这样说，仙女忍不住哈哈大笑起来。笑过之

生动的神态描写将海尔达的惊讶表现得如此生动。

一个厌倦了一成不变的仙人生活的仙女形象通过语言与形态被生动得刻画了出来。

后，她问：

"依你看，我有多大？"

"跟我们的年纪差不多呗。"贝尔娜瞅了她一眼，猜测说。

用具体的影像表现了仙女的年纪之大，比直接点出其年纪之大让人更震撼。

"真是错得没边了！"仙女激烈地反驳说，"鲁尔拉森林里的这些树都有几百岁了，可是，我还记得它们只是小树苗的模样；我还记得人们刚刚来到这个岛上居住时的情景；我甚至还记得这个海岛刚刚形成时的模样——那是在一次火山喷发后，这个小岛刚从海里冒出来！"

"孩子们，我的脑子里记着许许多多个世纪以来发生过的所有事情！我已经记得厌烦了。我厌倦了这种一成不变的仙人的生活——哪怕能有一点儿变化，有一点儿新鲜感也好啊！"

这表现了茜茜里内心的善良。

"听你这么一说，的确是这么回事！"茜茜里小姐不由得同情起这位仙女的不幸来，"以前，我还从未真正思考过仙人们的生活呢，这的确是够叫人心烦的。"

"你只要想想我必须还要活多少个世纪就够啦！"仙女用沮丧的语气说，"你只要这么一想，能不灰心丧气吗？"

"嗯，真是这么回事。"茜茜里小姐不住地点头说。

"要是能跟你的生活换个个儿，那该多好啊！"海尔达这样说，眼睛里充满了对仙人生活的由衷向往。

"可是，这是没法办到的。"那位美丽的仙女马上摇摇头说，"你要知道，人类是不能成为仙人的——虽然以前曾经有人变成了仙人。"

"可是，一个仙人却能变成任何东西，只要他想变。"贝尔娜大声说。

"噢，不，他没这个本事。如果你是这么想的，那就错了。"仙女回答说，"我能把你变成一只蝴蝶、一条鳄鱼，或者一只食米鸟——只要我想这么干，就能干得成。但我却不能把自己变成任何其他的东西。"

"多奇怪啊！"茜茜里小姐喃喃地说。

"但是，你们却能！"那个仙女欢快地说，她一下子蹦到她们中间，"根据那些制约我们仙人的魔法，你们就能随意把一个仙人变成任何一种东西！"

奇怪的魔法规则体现了作者丰富的想象力，更让读者无比地惊奇。

"噢！"茜茜里小姐不禁惊叫起来，这个主意可是大大出乎她的意料。

这位仙女一下子扑倒在男爵的独生女面前。"求求你，亲爱的茜茜里小姐，"她嘴里不住地央求说，"求你把我变成一个凡人吧！"

▌情境赏析▐

本篇是故事的开始，以茜茜里与小伙伴在游玩时误入"仙人居"遇到仙女展开了情节。文章对环境的描写非常优美、生动，无论是海格王国的城堡，还是鲁尔拉森林的林地，都仿佛让人身临其境。对人物形象的刻画则大量运用细节、神态描写，成功塑造了茜茜里与小伙伴这三人的美丽、可爱形象以及美丽非凡但厌倦一成不变生活的仙女形象。而仙女与茜茜里等三个小女孩儿的对话则充分体现了作者对魔法世界的丰富想象力。作者站在仙人角度思考问题的思维让人感到新奇，也让文章对读者产生了强大的吸引力。

名家点评

　　我相信梦，包括白日梦，你在睁眼时做的梦，是它们让世界变得更美好。具有想象力的儿童长大了，会变成具有想象力的大人，他们会创造、会发明，文明因此孕育而生。美丽的童话为孩子们创造了纯洁的心灵家园，给孩子们梦想，并且鼓励他们为追求智慧、爱心与勇气前行。

——（美）弗兰克·鲍姆

茜茜里简直不敢相信，她居然把仙女变成了一个英俊帅气的小伙子啦。

天哪！当三个女孩儿听到仙女提出的这个请求时，她们太吃惊了。她们都愣愣地望着这个跪在她们面前的仙女，惊讶得一句话也说不出。过了好一会儿，茜茜里小姐才伤心地开口说话——之所以伤心，是她不得不让这个美丽的仙女失望了。

"可是，我们三个都是孩子，一点儿也不懂魔法。"

"啊，就你们目前情况来说，的确如此。"仙女急切地说，"可是，人类可以轻而易举地把仙人变成任何东西，只要他们愿意。"

"既然这样，我们以前为什么从来没听说过人类有这么厉害呢?"茜茜里小姐不解地反问说。

"那是因为一般来说，仙人们全都满足于自己的命运，他们就喜欢自己本来的样貌，一点儿也不想去尝试变成其他的东西。而且他们知道，那些坏心肠的人和爱恶作剧的人可能会随心所欲地把他们变来变去，让他们一刻也不得安宁。于是，他们不得不小心谨慎，不让人类看见他们。"仙女这样解释说。

"你们以前看见过仙人吗?"她突然问三个女孩儿。

"从没看见过。"茜茜里小姐摇摇头。

"即使今天，要是我不知道你们三个全是心地善良的好孩子，要是我没下决心请你们给我施魔法的话，你们也不会看见我的。"仙女点点头说。

"我不得不说，"海尔达大胆地发表意见说，"不论你从现在这个模样变成什么，都是犯傻！"

"因为你现在的模样的确很美丽。"贝尔娜又说。这两位少女都对仙女美丽的容貌充满了羡慕。

"美丽！"仙女皱了皱眉头，显出一副无可奈何的样子。"假如一个人一直藏着不让人看见，那么，她就是再美丽，又有什么用？"

"真是这么回事！要是那样的话，的确没什么用。"贝尔娜捋了捋自己一头乌黑的鬈发，点了点头。

"至于说犯傻，"仙女继续说，"如果可能的话，我倒真盼望能有机会犯犯傻。在以前那么多个世纪里，我还从来没有机会干过一次傻事呢！"

"真是够可怜的！"海尔达轻声说。

茜茜里小姐一直在静静地听她们说话。这时，她问：

"那么，你想变成什么呢？"

"变成一个人！"仙女立刻回答说。

"变成一个女孩，就像我们一样？"茜茜里小姐继续问。

"也许吧……"仙女慢吞吞地回答说，这事儿她好像还没想好。

"如果这样的话，你可能要经受不少困难和痛苦呢。"茜茜里小姐说，"因为你既没有爸爸，也没有妈妈；既没有人跟你做伴，也没有房子住。"

"如果你受雇于哪个贵族，你就不得不整天洗碗碟、补衣服或者到野外去放牧。"贝尔娜说。

"可我想游历整个海岛呢。"仙女乐观地说，"我倒不在乎出力气。"

"作为一个女孩子，想要一个人出外旅行恐怕不容易。"茜茜里小姐想了想说道。"至少，"她又加上这么一句，"我还从没听说过这种事呢。"

"确实如此。"仙女不无遗憾地表示同意，"男人们可以到处游逛，去经历各种各样的奇遇。但是，你们女孩儿可就完全不同了，你们女孩儿是多么可怜和软弱！"

没人不同意这个看法，于是，大家沉默了好一阵。后来，还是茜茜里小姐先开口了。

"可是，我还是不明白，你为什么非要变成人呢？"

"当然是为了去获得各种激动人心的经历呀。"仙女回答说，"那种年复一年、无聊透顶的仙人生活，我实在是过够了。当然，我不想永远做一个人，那样也会叫人感到乏味的；如果只在一个很短的时间里做一个人，我就有机会经历人类生活里的那些新鲜事了。"

"如果你真的想变成一个人的话，就该变成个小伙子。"海尔达咯咯地笑着说，"一个小伙子的经历的确够刺激的！"

"那么，你就把我变成个小伙子吧。"仙女急切地向茜茜里小姐央求说。

"变成个小伙子！"这个主意让三个女孩儿全都愣住了。茜茜里小姐不解地问：

"为什么？你不是位仙女吗？"

"啊，是啊。我应该是个仙女吧。"这位美丽的仙女微笑着说，"不过，你们可以随意让我变化，我可以变成个姑娘，也可以变成个小伙子。"

"这就再好不过了！"海尔达拍着手高兴地说，"这么一来，你想干什么就能干什么！"

"可是，这样行吗？"茜茜里小姐仍有些疑惑地说。

"为什么不行？"仙女肯定地说，"要我看，变成个小伙子没什么不好。把我变成个身材苗条的高个子青年，头上长着卷曲的褐色长发，眼睛应该是黑色的。这样，我就和以前大不一样了，而我的历险也许会更有意思。我喜欢这个主意。"

"可是，我不知道该怎么让你变形呢。总该有人给我做个示范吧。"茜茜里小姐大声说道，她正为派给她的这份任务发愁呢。

"噢，这事好办。"仙女回答说，"你有魔棒吗？"

"没有。"

"那就用我的，反正我也用不着了。你必须将魔棒在我头顶上连挥三次，同时说：'凭借人类的法力，我要把你变成一个小伙子，为期一年。'"

"一年？时间是不是太长啦？"

"对于一个能活几千几万年的仙人来说，一年的时间不过是短暂的一刻。"

"那倒也是。"男爵的独生女点点头说。

"现在，我先亮几招，给你开个头。"仙女说着，站起了身，"你可以先看看我是怎么做的。"她从身上穿的那件薄薄的长袍上轻轻刮下一些苔藓，继续说，"你知道，我要是真的变成个小伙子的话，我就得有一匹马，一匹漂亮的、跑起来像一阵风似的骏马！"

她静静地站了一会儿，仿佛在侧耳细听。然后，吹出一个不大却十分尖厉的哨声。

三个女孩全瞪大了两眼，目不转睛地盯着仙女施法。

不大一会儿，她们就听见丛林里传来一阵四蹄动物奔跑的声音。一头漂亮的小梅花鹿冲出树林，径直朝仙女奔过来，一点儿也不怕人。仙女将魔棒在它的头上挥舞着，一边大声说道：

"凭借仙人的法力，我要把你变成一匹骏马，为期一年。"

眨眼间，那头鹿不见了，取而代之的是一匹乳白色的英姿勃勃的骏马，尾巴和颈上的鬃毛长长地披下来，马背上还备着一只漂亮的马鞍。

女孩们一齐发出欢快的叫声。仙女说：

"你瞧，对一个东西施点儿小魔法，根本不是件什么难事。眼下，我还得有一把剑。"

仙女从身旁的树上折下一段嫩枝，扔在脚下。她又照刚才那样挥了几下手中的魔棒，于是，树枝立刻就变成了一把寒光闪闪、剑身还刻着一些铭文的宝剑。三个女孩都看呆了，这把已经入鞘的宝剑仿佛有一颗跳动着的心，正渴望着上战场去厮杀。

"现在，我还缺一副盾牌和盔甲。"仙女高兴地说。"这个就能替我变出一副盾牌。"她从树干上撕下一块干枯的树皮说。"不过，要变出一副盔甲，得需要一点儿更好的材料。你能把斗篷借给我吗?”她问茜茜里小姐。

男爵的独生女毫不犹豫地从身上脱下那件白色的天鹅绒斗篷，递了过去。眨眼之间，那件斗篷就变成了一副镶金的银盔铠甲。同时，那块树皮也变成了一副漂亮的盾牌，盾牌上还刻着三个女孩。茜茜里小姐惊讶地发现，盾牌上刻着的三个女孩正是坐在森林边上的她和她的两个伙伴。此外，她们身后的几棵参天古树，也被惟妙惟肖地刻在了盾牌上。

“让我来做你的骑士吧。”仙女高兴地说，“这样，我就能补偿你的那件斗篷了。”

“我一点儿不在乎那件斗篷。”茜茜里小姐说，她完全被这些新奇的法术吸引住了，“可是，你这样身材娇小的漂亮女孩儿，怎么能全身披挂地跨上这匹战马呢?”

“我不是一会儿就变成一个小伙子了吗?”仙女说，“给你，”她把手中的魔棒递过去，“就用这只魔棒，把我变成一个英俊潇洒的小伙子吧。”

她再一次跪倒在茜茜里小姐面前。透过薄雾一般的长袍，仙女那白里透红的肌肤隐约可见。茜茜里一下子鼓起勇气，她不想叫仙女失望。她把魔棒握在手中，在仙女的头上一连挥了三下。

“凭借人类的法力，”茜茜里小姐一边这样说着，一边暗暗对这些新奇字眼感到惊讶，“我要把你变成一个勇敢侠义的男子汉——潇洒、强健、无所畏惧! 我的法力要在你的身上持续一年的时间。”

她的话音刚落，仙女消失了，一个身材修长、强健的小伙子出现在了她的面前。这个黑眼睛的年轻人正笑嘻嘻地望着她，感激地拉起她的手亲吻着。

"谢谢你，最可爱的姑娘。"他用甜美的声音说，"你使我在人类世界里有了立足之地。现在，我打算马上就起程，开始我的历险。然而，我时刻听从你的召唤。"

说完，他立起身，把那套精美的铠甲披挂起来，再把那把锋利的宝剑拴在腰间。

茜茜里小姐对自己所拥有的这种神奇的法力惊讶不已，不由得深深吸了一口气。她转身问贝尔娜和海尔达：

"你们看清楚了吗？那个美丽的小仙女真的变成年轻人了吗？"

"的确是这样。"海尔达回答说，她镇定自若地望着发生在她眼前的这一切，一点儿也不感到惊慌。她转过身，大胆地凝视着这个年轻人。

"你还记得吗？就在刚才，你还是一位仙女呢？"

"当然记得。"年轻人微笑着回答说，"就是现在，我也仍然是一位仙女，只是在外形上有所不同而已。可是，除了你们几个，没有谁会知道这一点。直到这一年的期限结束，我才会变到从前的模样。你们愿意替我保守这个秘密吧？"

"噢，那当然啦！"三个女孩儿一齐大声说。她们都高兴这样做——就像所有其他的孩子那样，他们全都乐意在他们中间保守一个了不起的秘密，只在私下里悄悄地议论着，却从不肯向外人透露一丝口风。

"我还想求你们替我办一件好事。"年轻人继续说，"那就是再给我起个名字，我想，这个岛上所有的人都有一个名字，好让他们相互之间能有个区别。"

"的确是这样。"茜茜里小姐点点头，若有所思地说，"可是，作为一位仙女，该起个什么名字好呢?"

"用不着考虑那么多。"年轻人赶忙说，"我必须有个全新的名字才成。"

"我们可以叫他'银甲骑士'。"望着他那银光闪闪的铠甲，贝尔娜建议说。

"噢，不——那一点儿都不像一个人的名字。"海尔达大声反对说，"我们最好叫他'斯特朗加姆男爵'。"

"这个名字我不喜欢。"茜茜里小姐发表意见说，"因为我们还不知道他的胳膊到底是不是粗壮有力。可是，我们眼睁睁地瞧着他由一位仙女变成年轻的小伙子，真是太让人惊讶了! 我想，'奇迹王子'这个名字对他来说倒挺合适。"

"太棒了!"年轻人从地上拾起那只雕刻精美的盾牌，大声说道，"不论从哪方面考虑，这个名字再合适不过了。瞧着吧，在这一年的时间里，我将以'奇迹王子'这个名字声震整个海岛!"

奇迹王子第一次历险就和贼王乌尔塔基姆撞上了，他一个人对抗 59 个强盗。到底结果会如何呢？

看见男爵的独生女和同伴在一位身穿铠甲的英俊骑士的陪伴下回到城堡，<u>年老的警卫队长马尔舍姆差点儿惊掉了下巴。</u>

这位骑士的个头的确不高，然而，他牵着的那匹马非比寻常。老马尔舍姆是位相马行家，他立刻断定：这个年轻人肯定是一位有来头的重要人物。

这一行人渐渐走近城堡，年老的队长注意到：<u>这位骑士身上铠甲精美非凡，他腰间佩带的宝剑剑柄上镶嵌的宝石，在阳光映照下光彩夺目。</u>他赶忙把身旁的警卫们召集起来，打算以符合这位尊贵骑士的身份的礼节隆重迎接客人。

令老队长大失所望的是：那位尊贵的客人压根儿没想来城堡做客；相反，他郑重地吻了一下茜茜里小姐的手，又朝她的两个伙伴挥了挥手，跨上骏马，向苍茫的原野疾驰而去了。

夸张的描述展现了吃惊的程度之大。

借助他人视角刻画了奇迹王子的俊美形象，使文章的情节流畅自然。

吊桥放了下来，女孩儿们走进城堡。莫德男爵亲自来询问这件事。

"那个小个子骑士是谁？"

"他是奇迹王子。"茜茜里小姐的回答略微有些拘谨。

"奇迹王子？"莫德男爵疑惑地大声说，"我从没听人说起过他。他从哪个国家来的？"

"这我就不知道了。"茜茜里小姐回答说。

"你们是在哪儿碰见他的？"男爵继续盘问道。

"在森林里，爸爸。他一直好心地把我们送回家。"

"嗯。"男爵嘴里咕哝了一声，脸上显出一副沉思的样子。"他没说是什么事让他来到我们海格王国的？"

"没有，爸爸。可是，他倒是说过，他要去历险。"

男爵的话为奇迹王子的探险遭遇埋下了伏笔。

"噢，要是那样的话，我们这个野蛮的海岛可是有足够多新鲜事让他去经历呢，因为他遇到的每一个人都只会让他拔出剑来，而不会向他捧出面包来的。"这位年老的骑士微笑着说，"这个奇迹王子有多大年龄？"

对撒谎的小女孩儿的内心刻画非常逼真。

"他看上去不会超过 15 岁。"茜茜里小姐回答说，她开始变得紧张起来。

"不过，他也许比这个年龄大。"茜茜里小姐又加上这么一句，她感到有点儿慌乱。

"嗯，嗯。很遗憾，他没来拜访我的城堡。"男爵大声说，"他个子太小、太瘦弱，不该一个人在这荒郊野外乱闯。他本该来听听我的意见，这对他有好处。"

茜茜里小姐暗想：奇迹王子可用不着什么人向他指点什么。然而她忍住没把这话说出口。此时，老男爵走过去，从城堡石壁上一道狭窄的瞭望孔，望着渐行渐远的小个子骑士的背影。眼下，这位王子正迅速朝城堡外一座小山崖顶驰去。他身下的那匹战马实在棒，只一眨眼工夫就登上山顶，消失在山后了。

年轻人的心里充满了兴奋和希望，一边骑马飞奔，一边愉快地憧憬着未来：他可以享有整整一年的大好光阴以及各种冒险经历！

奇迹王子信马由缰地往前走了将近一个小时，尽情地呼吸着山谷里散发的清新气息。不久，他发现自己来到了一处绿草如茵的山谷，这里到处是盛开的野花和郁郁葱葱的树木。

信马由缰(jiāng)：骑着马不拉缰绳，任其自由行动。比喻漫无目的地闲逛或随意行动。

山路上遍布着砾石，不时还有陡峭的峻岩拔地而起，奇迹王子的坐骑在山石间择路而行，由于坡度很陡，那匹马沿着之字形路线蜿蜒而上。

对山路的陡峭描述得很形象。

奇迹王子一路上想着心事，一点儿也没注意那匹马为他选择的路线。不久，载着主人进入了一条狭窄的通道，两旁岩壁高耸，勉强可容一人一马通过。又往前，两旁的岩壁豁然开朗，面前是一块草木茂盛的宽敞平地。那地方面积不大，但显然已是道路的尽头，周围是一圈又高又陡的岩壁，无论是人还是马，都显然没法攀登上去。

　　奇迹王子注意到，就在正对着入口的岩壁下方，有一个凹陷处，很像是洞口，凹陷处的前面有一扇铁门，铁门上方灰色的岩壁上写着几个红色大字：

贼王乌尔塔基姆

这儿是他的宝库

违者必究

　　奇迹王子读了这几行字不禁哈哈大笑。他跳下马，往前走了几步，透过粗大的铁栅栏往里张望。

奇迹王子的自言自语表现了他的正义感。

　　"这个乌尔塔基姆到底是个什么人，我怎么也想象不出来。"他自言自语地说，"我从前一直住在森林里，对外头的人们实在一无所知。不过有一点可以肯定：贼不是什么好东西。这个乌尔塔基姆是个贼王，他一定是这个岛上最坏的家伙了。"

　　透过铁栅栏，他看见里面有个大的山洞，洞里堆积着各种奇珍异宝：大量华丽的织品、金盘及其他圣物，镶嵌着珠宝的王冠和手镯，锻造精美的铠甲、盾牌和战斧。此外，还有一桶桶、一筐筐的各样财宝。

　　洞口的铁门并没上锁，奇迹王子随手推开铁门，走了进去。他看清：用木桶堆成的金字塔的顶端上坐着个小伙子，正以惊异的目光望着他。

小伙子的出场形象很特别，让人很好奇。

　　"你到那上头干什么去了？"他问。

　　"不干什么。"小伙子回答说，"我哪怕稍微动一动，这些木桶都会一下子坍塌的，我就会栽下去。"

"噢，"奇迹王子仍有些不解，"那又会怎么样？"

这时，奇迹王子朝地面瞟了一眼，他立刻就明白：为什么小伙子要小心翼翼地不让自己栽下来。因为地面上朝上竖着一把把锋利的宝剑，一旦栽下来，即使不立刻送命，也会被利剑刺成重伤。

"噢，噢！"奇迹王子吃惊地说，"我明白了，你是被囚禁在了那上头。"

"是的。不过，你很快就会跟我一样的。"小伙子回答说，"到那个时候，你就会明白：你实在不该这么冒冒失失地闯进来。"

"这又是为什么呢？"奇迹王子问。他对人类的事知道得实在太少了，因而，他对自己所听到的和见到的一切都感兴趣。

"因为这是贼王的大本营。当你打开那道铁门时，就会触动山下很远的地方挂着的一只铃铛，这样，他们就知道有人闯进山洞里来了。他们会很快来捉住你，也会把你弄到这上面来，成为一个囚徒。"

"噢，我明白了！"奇迹王子哈哈大笑起来，"这真是个了不起的发明。不过，我要是像你似的被他们捉住，再弄到那上面去，那我真成傻瓜了。"

他刚把腰间的宝剑抽出一半，转念一想：这帮毛贼还用不着他大动干戈。于是，他又把宝剑插回剑鞘，转身寻找其他称手的武器。他看见地上有一根粗大的橡木棒,就把这根橡木棒抓在手里,迅速出了山洞,跑过开阔地,紧紧守住那道狭窄的通道入口。他知道,这是进洞的唯一通道,正像他来这里一样,强盗们也必须通过这个狭窄的入口。

一会儿工夫,他就听见强盗们大呼小叫地往山上赶来,喊着要捉住那个大胆的闯入者。第一个冲到入口处的强盗遭到奇迹王子手上那根橡木棒的迎头痛击,"砰"的一声倒在地上昏了过去。第二个冲上来的也没什么两样,也是一声没吭,就跟第一个强盗并排躺在了地上。

也许这伙强盗一点儿也没想到他们这回会遇上真正的对手,他们一个接一个地从狭窄的通道往里冲,因而也就一个接一个一声不吭地倒在地上。开始,他们还一个压一个,整整齐齐地码在那儿。可是到后来,这个人堆码得实在太高了,奇迹王子不得不搭一把手,才使得最后冲进来的几个强盗也能像他们的伙伴那样码放整齐。

奇迹王子扔下手里的橡木棒,跑进山洞,小心地穿过利剑丛,来到木桶金字塔下,向坐在塔顶上的小伙子伸出手臂。

"那些强盗都被我打败了。"他说,"你跳下来吧!"

"不跳。"小伙子说。

"为什么不跳下来呢?"奇迹王子不解地问。

"你没看见我在受罪吗?"小伙子反问道,"你不知道我每时每刻都可能掉下去,被利剑穿身吗?"

"你不用害怕,我一定会接住你的。"奇迹王子回答说。

"用不着你接住我。"小伙子说,"我想要受罪。这是我平生第一次有这样的机会,我太高兴我终于能受罪了!"

小伙子奇怪的思维方式让人吃惊。让人对他产生了强烈的好奇。

听了这话,奇迹王子惊讶得好长时间回不过神来。他生气地大声对小伙子说:"你真是个傻瓜!"

"如果我这会儿不是在受罪的话,我一定会跳下去,让你知道我的厉害。"小伙子在金字塔顶上长长地叹了一口气说。

小伙子的这句话叫奇迹王子恼怒得无法忍受,他朝金字塔的半当腰猛击一掌,这些木桶便轰隆隆坍塌下来,小伙子一个倒栽葱从顶上摔了下来。

拯救小伙子的惊险一幕,就像在读者眼前发生一样。

就在这千钧一发之刻,奇迹王子敏捷地接住滚落下来的小伙子,救了他一命。

"好险!"奇迹王子把小伙子带离开危险的利剑丛,"站好!现在,你用不着再受罪了。"

"要不是你救了我一命,我一定要教训教训你这多管闲事的家伙!"小伙子用阴郁的目光瞅着奇迹王子说,"可是,根据骑士们光荣的行事准则,我不能伤害一个救了我性命的人,除非在我报答了这个恩情后。现在,

两人的对话体现了两人都具有知恩图报的品德。

我暂且宽恕你在语言和行为上对我的冒犯。"

"不过，你也救了我一命。"奇迹王子说，"如果不是你提前告诉我那些强盗会冲上山来的话，我也会被他们捉住的。"

"的确是这么回事。"小伙子高兴地说，"这么一来，我们俩就算扯平了。往后你小心点儿，别再让我碰上你，要不，我就对你不客气了！"

奇迹王子惊讶地望着这个小伙子。小伙子的身高跟奇迹王子差不多，只是比奇迹王子长得更健壮、更魁梧，要不是由于心怀不满而阴沉着脸，他可是个相当英俊的小伙子。不过，他的言谈举止是那么的怪诞和不可理解，奇迹王子没有被激怒，反而感到十分滑稽。他忍不住哈哈大笑起来。

怪诞(dàn)：荒诞离奇；古怪。

"如果这个岛上的人全都像你，"奇迹王子说，"我跟他们打起交道来肯定有趣得很。不过你毕竟还是个孩子。"

"我比你大！"小伙子恶狠狠地说。

"大多少？"奇迹王子眨了眨眼问。

"反正比你大多了！"

"既然这样，那就拿起那卷绳子，跟着我。"

"你自己去拿！"小伙子毫不客气地顶了一句，"我又不是你的仆人。"说着，他两手插进兜里，悠闲地出了山洞，去看那一摞正无声无息地躺在通道入口处的强

形象地表现了小伙子的无礼与蛮横。

盗们。

奇迹王子没说什么，自己走过去拿起那卷绳子，来到那些强盗躺着的地方，扔下绳子。他用利剑把绳子割成一段一段的，然后把这些强盗一个个捆得结结实实的。他点了点人数，一共捉住了 59 个强盗。

干完这活儿，他转身瞅瞅站在一旁的小伙子。小伙子一直站在一旁观望，好像这一切跟他毫无关系。

"你去洞里选一副铠甲，给自己挑一把合手的剑，然后再到这儿来。"奇迹王子厉声命令说。

"我为什么要按你说的做?"小伙子生硬地顶撞道。

生硬:不柔和;不细致。

"既然你不服从我的命令，我就要好好教训你一顿。如果你不能很好地防守的话，就有可能死在我的利剑之下。"

"这话听起来还像那么回事。"小伙子满意地说，"不过，就算你的剑术比我高，也请你不要立刻把我杀死，你一定要让我慢慢地死去。"

"这又是为什么呢?"奇迹王子惊奇地问。

"因为我想多受一点儿罪，受的罪越多我就越高兴。"

这奇怪的爱好是他的一贯追求。

"说实话，我既不想杀你，也不想叫你受罪。"奇迹王子说，"我是想叫你承认:我是你的主人。"

"休想!"小伙子高声反对道，"我绝不会让世界上的任何人做我的主人!"

"那么，我们两个就只好打一仗了。"奇迹王子郑重地宣布道，"如果你胜了，我保证做你的仆人，并且忠心耿耿地为你服务；可是如果我胜了，你就必须承认我是你的主人，并服从我的命令。"

"我同意！"小伙子一下子来了精神，飞快地跑进山洞。一会儿的工夫，他就全身披挂地回到草地上，一手持剑一手持盾——盾牌上刻着的图案是一道闪电。

奇迹王子的盾牌上是茜茜里及两个伙伴三人的图案。

"这道闪电肯定会战胜你的<u>三个女孩儿</u>，你显然是她们三个的保护人。"他揶揄地说。

"三个女孩儿不会输给闪电的。"奇迹王子微笑着说，"我看你还算有点儿胆量。"

"当然！我怎么会怕你！"小伙子高傲地说，"要知道，我是尼尔勒少爷，海格王国里鼎鼎大名的首席贵族尼加尔男爵的儿子！"

奇迹王子朝对手鞠了一躬。

"很高兴得知你的大名。"他说，"我是奇迹王子，这是我第一次外出历险。"

"这很可能也是你的最后一次历险了。"尼尔勒讽刺说，"要知道，我比你强壮。我跟许多成年人交过手。"

不以为意：不把它放在心上，表示不重视，不认真对待。

"准备好了吗？"奇迹王子不以为意地问了一句。

"准备好了。"

然后，只听见哐啷啷，两把宝剑很快地纠缠在了一起，火花四溅。然而，只一会儿的工夫，尼尔勒手上的剑就飞上了半空，哐啷一声撞在了岩壁上。<u>他满面怒容地望着对手，而奇迹王子呢，正微笑着望着这个手下败将。</u>尼尔勒猛地转身跑进山洞，又给自己取来一把剑。

神态的对比将奇迹王子的自信与尼尔勒的不屈服描写得活灵活现。

　　这一次几乎刚一交手，奇迹王子就一剑把尼尔勒手上的那把剑砍成了两半。紧接着又是一击，奇迹王子一下用剑身打在了尼尔勒的耳根上。这一下打得尼尔勒两眼直冒金星，还没等他明白是怎么回事时，就一屁股坐在了地上。

　　"我想，"尼尔勒轻轻揉了揉耳根，"你这一击的确漂亮。可是，尼加尔的儿子去给奇迹王子当侍从，想想真不是滋味！"

　　"用不着为这事烦心。"奇迹王子说，"我向你保证，我的身份比你高多了，你作为尼加尔的儿子给我当侍从，一点儿也不降低你的身份。行啦，赶紧办正事吧，有这么多的强盗等着我们处理呢。你说，等待这些强盗的应该是怎样的命运呢？"

　　"他们通常都会被绞死。"尼尔勒一边回答一边从地上站起来。

　　"那好吧。这儿倒是不缺拴绞索的树。"奇迹王子说。其实，他的内心仍感到一阵战栗。虽然，他极力表现得像个男子汉。"我们赶快动手干活儿吧，然后好继续赶路。"

尼尔勒心甘情愿地帮着他的主人收拾这些强盗。很快,他们就在每个强盗的脖子上拴好了一个活结,就差往树枝上挂了。

就在这个紧要关头,强盗们陆续苏醒过来。那个长着满脸红胡子、大个子的贼王乌尔塔基姆坐起来,问道:

"那个把我们打败的人是谁啊?"

"是奇迹王子。"尼尔勒回答说。

"是什么军队在帮助他?"乌尔塔基姆望着奇迹王子,诧异地问道。

"他单枪匹马就战胜了你们所有强盗。"尼尔勒说。

听到这话,那个红胡子的大盗不禁失声痛哭,<u>他哭得是那样伤心,泪水就像一道山洪倾泻而下。</u>

"想想吧,"乌尔塔基姆伤心地边抽泣边说,"只要想一想,一个干尽坏事的人,我最后竟在一个毛头小伙子的手上做了俘虏!噢……哎哟!噢……哎哟!真是丢死人啦!"

"这份耻辱你不会忍受多久了,"奇迹王子安慰道,"因为你们很快就会被吊死。"

"谢谢!真是太谢谢你啦!"乌尔塔基姆停止了哭泣,千恩万谢地说,"我早就知道,我总有一天会被吊死的,然而,令我高兴的是,除了你们两个毛头小伙子,再也没人会看见我两脚离地时连蹬带踹的狼狈相了。"

"我不会蹬腿的。"另一个强盗大声说，"当我被吊起来的时候，我会高兴地唱歌。"

"可是，你没法唱歌了，我的好甘德。"贼王反驳说，"因为绳子会勒得你没法呼吸。一个人没了呼吸，就不能唱歌了。"

"要是不能唱歌的话，我就吹口哨。"甘德满不在乎地说。

贼王不高兴地瞥了他一眼，然后把脸又转向奇迹王子，说：

"要吊死这么多的强盗，真是够费事的。看你累成什么样子了！让我来帮你把所有其他的强盗都吊死，然后，我会爬到树上去，把自己吊在一根最粗的树枝上。这样的话，你就用不着亲自动手了。"

"噢，我不想劳你的大驾。"奇迹王子微笑着说，"既然是我一个人打败了你们所有人，那么，也就由我一个人来把你们一个个地吊死——除了让我的侍从帮一把。"

"我保证不会有问题的。不过，随你的便。"贼王满不在乎地说。接着，他把目光投向了山洞，问："那么，你打算怎么处理这些财宝呢？"

"把所有财宝都分给穷人。"奇迹王子回答说。

"什么样的穷人？"

包括贼王和强盗面对死亡前后都用了"满不在乎"的口气，表明了他们凶悍、残忍的个性。

奇迹王子是充满了爱心的王子。

"噢，我会去找那些最贫穷的人，然后把这些财宝分给他们。"

"你能在这件事上听我的一点建议吗?"贼王乌尔塔基姆礼貌地问。

"当然可以，因为我对这地方还不太熟悉。"奇迹王子说。

贼王对穷人的描述为自己要开启的话题起到了铺垫的作用。

"我认识一大批穷人呢，他们既没有东西吃，也没有房子住，除了仅能蔽体的一点儿破衣烂衫之外，没有任何一点儿财产了。他们不能把任何人称作朋友，也没有什么人会向他们伸出援助之手。的确，我的好老爷，我完全相信，要是您不帮他们一把的话，他们很快就会死去的。"

"好可怜啊!"奇迹王子心里对那些贫苦的穷人充满了同情。"告诉我，他们都在哪儿? 我要把你们的所有不义之财全分给他们。"

"这些穷苦人远在天边，近在眼前——就是我们这些人。"贼王说完，长叹一声。

诧(chà)异:觉得奇怪。

奇迹王子诧异地望着他，然后爆发出一阵开心的大笑。

"就是你们这些人?"他大叫着，觉得贼王乌尔塔基姆的话听起来真是荒唐可笑。

"是的，确实是这么回事。"乌尔塔基姆点点头，伤心地说，"世界上再没有比我们更穷苦的人了，因为绞索已经套在了我们的脖子上，我们很快就被吊死了。到了明天早上，我们甚至连皮肉都不会有了，会被乌鸦们吃得只剩下骨头架子！"

"的确如此。"奇迹王子道。他想了一会儿，又说："可是，假使我把这些财宝还给你们，又有什么用呢？因为你们很快就被吊死了。"

"你一定要吊死我们吗？"贼王乌尔塔基姆问。

"当然，因为我已经这样判决了；再说，你们这是罪有应得。"

"为什么？"

"因为你们残忍地从那些无助的人手里抢夺了这些财宝，并且，你们还犯下了许多其他的罪过。"

"可是，我们眼下已经改过自新了！我们所有强盗全都改过自新了——是吧，弟兄们？"

改过自新：改正过失或错误重新做人。

"是的，我们全改过自新了！"强盗们全都苏醒过来，这时，他们正专心听着贼王和奇迹王子的对话。

"如果你把这些财宝归还给我们，我们保证再也不去偷抢了。我们全做诚实的人，安安心心地享用这些财宝。"贼王保证说。

"诚实的人可没法安心享用偷来的财宝。"奇迹王子说。

贼王对安心享用财宝的条件分析，很牵强搞笑但符合逻辑。

"的确这样。可是，这些财宝现在已经属于你了，你已经靠公平的决斗赢得了这些财宝。如果你把这些财宝赠给我们，它们就成了一位伟大王子的慷慨赠与，不能算是偷来的了。这样一来，我们就可以心安理得地享用了。"

"可是，还有个问题呢——因为我已经许诺过了：我要吊死你们的。"奇迹王子说。他的脸上不禁浮现出一丝微笑，因为这个贼王乌尔塔基姆实在好玩，逗得他忍俊不禁。

"没问题！没问题！"乌尔塔基姆大声地分辩道，"你的确是保证过，要吊死 59 个强盗，而且毫无疑问，这 59 个强盗确实罪有应得。可是您再想想看！我们如今全改过自新了，全成了诚实的人。这样说来，您要吊死 59 个诚实的人，这不是太可悲、太不公平了吗！"

罪有应得：干了坏事或犯了罪得到应得的惩罚。

"你怎么看，尼尔勒？"奇迹王子问站在一旁的侍从。

"哎呀，这个流氓说的似乎有道理。"尼尔勒抓着脑袋，满脸疑惑地说，"如果他说的在理，那么，一个流氓和一个诚实的人之间就没什么区别啦。我的主人，再问问他，是什么叫他们突然全改过自新了？"

这段话表现了贼王性格的直率。

"因为我们马上就被吊死了，这是让我们免去一死的最好办法。"贼王乌尔塔基姆说。

"不管怎么说，这倒是实话。"尼尔勒道，"主人，也许他们的确全改过自新了。"

"要是这样的话，我就不能吊死这 59 个诚实的人了。"奇迹王子声明说，他转身对乌尔塔基姆说："根据你们的请求，我放了你们，而且把这些财宝都还给你们。可是，从今以后，你们就要保持对我的忠诚，倘若我听说你们又去做强盗了，我一定会再回到这里，把你们一个个全都吊死。"

"放心好啦！"乌尔塔基姆欢快地说，"当强盗可不是什么好干的差使，况且，我们有这么多财宝，根本用不着再去冒险。既然我们这些十恶不赦的强盗又从您的手上获得了生命和财宝，从今天起，我们就成了您忠心耿耿的奴仆，不管您需要我们干什么，只要招呼一声，我们就是替您去赴汤蹈火也在所不辞！"

十恶不赦(shè)：形容罪大恶极，不可饶恕。

"好啊，我接受你们的效忠。"奇迹王子摆出一副宽宏大量的样子，说道。

说完，他替这 59 个强盗一个个松了绑，解去套在他们脖子上的活结。不久，夜幕就降临了，这些刚刚归顺的奴仆正忙着为主人准备一场盛大的筵席。筵席就安排在山洞前绿草如茵的开阔地上。

"主人，您觉得这些人可靠吗？"尼尔勒满腹狐疑地问。

"为什么不可靠？"奇迹王子说，"确实，他们从前都是十恶不赦的坏蛋，如今他们都想成为地地道道的好人。我们鼓励他们弃恶从善。如果我们对那些干过坏事的人一概不信任，那么，世界上诚实的人就会减少。可是，如果干好事也能跟干坏事一样有趣的话，那么，世界上的每个人毫无疑问都会选择去干好事的。"

奇迹王子的话富含哲理，表现了他内心的宽厚与对未来的美好期望。

情境赏析

奇迹王子离别茜茜里小姐后开始了第一次历险。兴奋的王子很快就误闯了贼王乌尔塔基姆的宝库，并面临被抓的危险。但临危不惧的王子用冷静的头脑占据有利的地形，以一己之力抓获全部的 59 个大盗，还解救并收服了被 59 个大盗抓获、喜欢受罪、高傲好强的尼尔勒为仆从。这场战斗的细节被作者描述得轻松、好笑，异常精彩，让人印象深刻。后来，充满爱心、善良的王子在与 59 个大盗进行了一番是否应该绞死想改过自新的大盗们的辩论之后，希望世界更美好的王子给了 59 个大盗弃恶从善的机会。这个结果虽然有些匪夷所思，但是充满了想象力，符合王子纯真、善良、可爱的性格，也让读者对他日后的历险充满更多好奇。

名家点评

让我们记住鲍姆吧，正是这个历经生活中种种酸甜苦辣，却依然保留了一颗真挚之心的大孩子，用无穷无尽的幻想，给我们开拓了一条通向美好仙境的金色之路。

——（美）埃德加·Y.哈博

> 奇迹王子的侍从尼尔勒总想吃点儿苦、受点儿罪，可是让人想不到的是：居然连老虎都不肯吃他。

晚上，奇迹王子住在山洞里，身旁是 59 个刚刚改过自新的强盗。次日一早，他在侍从尼尔勒的陪伴下准备上路。奇迹王子鼓励这些"诚实的人"牢记他们的誓言，然后同他们道了别，继续他的历险。尼尔勒也从乌尔塔基姆那里得到了一匹膘肥体健的快马，洋洋得意地跨上了马背。

离开山洞前的开阔地，他们在进入那条岩壁四立的狭窄通道时，奇迹王子回首望去，只见洞门上方"贼王宝库"的字样已经涂去，换上了这样两行字：

诚实的乌尔塔基姆
快乐之家永远向宾客敞开

"这就好多了。"奇迹王子高兴地说，"不管怎么说，我的游历总算干成了一件好事。"

尼尔勒没搭腔。今天他显得格外文静，他默默无言地骑马，仿佛沉思着什么。主仆二人一声不吭地走了一段路后，奇迹王子开口了：

　　"跟我说说，我来这里之前，你是怎么落到这些强盗手里的，又是怎么被弄到那个金字塔顶上去的？"

　　"这不是个愉快的故事。"尼尔勒长叹一声，"但既然您问了，我就把它讲出来，也许能消除旅途上的烦闷。"

　　"我父亲是个有权有势的贵族，"尼尔勒开始讲道，"财产多得数不清，心地善良。我没有哪个愿望不被满足，只要他想到什么，就一股脑儿地送给我。因为在我想到之前，父亲早就替我想到了。

　　"我母亲跟父亲没什么两样。她跟家里的女仆们总是忙着做我喜欢吃的东西。正因为如此，我就从没享受过饥饿带来的快乐！我的衣服全用最上等的绸缎和天鹅绒制成，做工精美，连缝衣服的线都是金丝银线。因而，我在穿着打扮方面也就不可能再有其他的奢望。学习方面也是一样，他们任由我学习自己喜爱的课程，想去钓鱼或打猎什么的，他们也从不阻拦。因而，我根本没有理由抱怨。家里所有的仆人对我都是百依百顺：如果我想熬夜，没有人会反对；如果我想晚起，我就是一觉睡到中午，仆人们也会让房间里保持绝对安静，以免得吵到我。"

　　"您可以想象，随着年龄的增长，这种应有尽有、丰衣足食的物质生活只会让人越来越感到乏味，感到气恼。尽管我也想表达自己的不满，可是，我实在找不到哪怕一丝一毫可以让我抱怨的理由！而这正是我的苦恼所在。"

　　"一次，我瞧见一个仆人的儿子挨了父亲一顿鞭子，心里一下子亮堂起来。我立刻央求父亲也给我一顿鞭子，好让我死气沉沉的生活有点儿新花样。父亲从来不会拒绝我，他立刻答应了我的请求。尽管那次挨鞭子让我体会到了一点儿新鲜感，可是，因为父亲答应得太痛快了，那感受也不像预想的那样让我满意。"

"情况就是这样：一个年轻人再强壮、再精力充沛，也无法忍受这种折磨！我的日子实在过得太没意思了！"

说到这儿，尼尔勒已泣不成声。奇迹王子对他的处境真是感同身受，不停地低声说："可怜的孩子！可怜的孩子！"

"您这么说真是太对了。"尼尔勒对主人说，然后继续讲述自己的经历。

"有一天，父亲的城堡来了一位客人，谈起了他的种种遭遇。有一次他在森林里迷了路，差点儿饿死，后来遭到了强盗的抢劫，被打得遍体鳞伤。他一路挨家挨户地乞讨，可是，人们不给他吃的，也不给他提供任何帮助。总之一句话，他的经历真是太让人兴奋了，我实在嫉妒得要死。我渴望像他那样经受苦难。"

"我一有机会就单独跟他在一起，向他请教：'请告诉我，我怎样才能享受到你经历过的那些苦难，在这儿，我需要的一切样样都有，我真是太不幸了！'"

"开始，客人奚落了我一顿，在他对我的蔑视里，我感受到了某种快乐。紧接着，他变得严肃起来，劝我离家出走，并到外面的世界里去闯荡一番。"

"'一旦走出你父亲的城堡，'他说，'苦难立刻就会落到你的头上，多得简直叫你应接不暇。你会感到满意的！'"

"'这正是我所渴望的。'我说，'我不想得到满足！即使是那种对苦难的渴望，也不想得到满足。我所追求的是那种无法得到满足的渴望！’”

　　“‘无论如何，’他说，‘我劝你出去旅行。你只要一走出家门，样样事儿都跟你过不去，这么一来，你就会感到幸福的。’”

　　“第二天，我从家里逃了出来。我走了好长一段路，饥饿引起肚子一阵阵绞痛。我刚刚感受到这么一点儿快乐，正巧有位骑士打我身旁经过，给了我一顿饭。这让我沮丧得要命，眼泪止不住扑簌簌淌下来。就在我流泪的时候，马失前蹄，一下子把我摔了个四仰八叉。我想这下可好了，我的脖子肯定摔断了。我正躺在地上暗自庆幸这场灾难的时候，不知打哪儿来了位女巫，尽管我一再拒绝，她还是给我受伤的地方涂了膏药，又揉又抹给我治疗。我立刻就感觉不到疼痛了，很快恢复了健康。这可太让我伤心了！稍微让我欣慰的是，我的马跑了。打这以后，我就只能靠自己的两条腿走路了。”

　　“那天下午，我一脚踏进了一个蜂巢，那些没脑子的家伙并未围上来把我蜇个稀巴烂，却全被我吓跑了，没有一只有胆量飞过来蜇我一下！后来，我碰上了一只老虎，我的心一下子高兴得差点儿跳出来。‘这下好了，这只老虎肯定会让我倒大霉了！’我这样欢快地叫着，飞快地朝这头野兽冲过去。可是谁想到这只老虎原来是个胆小鬼，它跑得比我还快，夹着尾巴一溜烟地逃进丛林里，弄得我毫发无损！”

　　“当然，我所有的这些失望也不是一点儿都没得着安慰，可总地来说得到的安慰太少了。晚上，我躺在光溜溜的地上，盼着能得一场重感冒。然而，这样的快乐竟然与我无缘。”

　　“就在第二天下午，我平生第一次体验到了快乐。这些强盗抓住了我。他们抢去我身上所有华贵的衣服和各种珠宝，结结实实地揍了我一顿。他们把我带回山洞，给我穿上一件破破烂烂的衣服，送到那个用木桶搭的金字塔顶上，我只要稍微一动，就会一头从那上面栽下来，利剑穿身而死。这实在太让人高兴了！直到您进洞把我解救下来之前，我一生里还从没这么快乐过呢！"

"您来了之后，我就想，激怒您以得到快乐，只要我的计谋成功，肯定是我们两个打一仗。您在我耳根上的那一击真是太漂亮了。我希望在陪伴您去历险的旅途中体验到更多更大的苦难和失望。您战胜了我，让我成了您的侍从，这是一生里最让我满意的事了。"

他话音刚落，奇迹王子就转过身来，抓住了他的手。

"请接受我对你所有苦恼的同情！"奇迹王子真挚地说，"我太理解你的感受了，因为在以前的多少个世纪里，我的生活跟你的也没什么两样。"

"以前的多少个世纪？"尼尔勒简直惊讶得透不过气来，"您这话是什么意思？"

尼尔勒这么一问，奇迹王子的脸腾地一下红了，他差点儿把自己的秘密泄露出去！他急忙掩饰说：

"如果一个人生活得不快活的话，他的日子不是会漫长得像过了几个世纪吗？"

"的确这样。"尼尔勒点点头，诚恳地说。接着，他请求道："我的故事讲完了，请说说您的经历吧。"

"现在不行。"奇迹王子微笑着摇摇头，"就让你这么白白地盼望着，而我一直不讲，这样也许更让你满意。不过，我向你保证，等到我们分手的那天，我一定会告诉你我的真实身份。"

第六章

奇迹王子和侍从尼尔勒来到了位于群山中的
斯波尔王国，在这会发生什么事呢？

奇迹王子和侍从尼尔勒信马由缰，并没留意到路旁的景致。
当他们停止交谈四下张望时，发现他们已经来到了重重
叠叠、连绵起伏的群山之中，这跟他们先前走过的海格王国迥然不
同。这两匹马载着主仆二人一路朝山麓丘陵一带行进，这条路正好通
往位于海岛中央的斯波尔王国。

海岛上最奇特、最可怕的居民就住在斯波尔王国里。他们跟邻国
之间没有任何友好的交往。他们离开自己的国土，就只是外出抢夺其
他国家居民们的财物。他们是那么残暴、凶狠，每一个遇见他们的人
都得远远躲开。

至于那位神秘的特里巴斯国王，海岛上的居民中流传着各种说
法。有人说，他属于那个身材高大的巨人种族；有人说，他是那种会
投掷燃着火的标枪的小矮人；还有人把他想象成最野蛮的人种，也就
是斯波尔灰种人。

有一点是可以肯定，不论是巨人、小矮人，还是斯波尔灰种人，
他们都心悦诚服地接受特里巴斯国王的统治，绝不违背他的心愿。对

海岛上的其他居民来说，斯波尔王国的居民已经够可怕的了，然而，这位国王似乎比他的臣民更可怕。

奇迹王子和侍从尼尔勒已经深入到斯波尔王国的领地，他们自己毫无察觉，任由坐骑在山路上行进着。不久，他们就听到一阵刺耳的大笑声。主仆二人循声望去，只见高耸的岩壁上坐着个怪模怪样的吓人老头儿。

"喂，老人家，你为什么笑呢？"奇迹王子勒住马问道。

"告诉我——你们接到邀请了吗？"老头儿一边问，一边抿着嘴乐，好像这是天底下最可笑的事了。

"邀请去哪儿？"奇迹王子不解地问。

"邀请来斯波尔王国呀，傻瓜！来斯波尔王国！来特里巴斯国王的领土！"老头儿尖叫着说，然后又爆发出一阵疯狂的大笑。

"腿长在我们自己身上，自然我们想来就来，想走就走。"奇迹王子镇静地回答说。

"往前走吧——是的！只要你们乐意，就只管往前走。可是，你们别想再回来了！别想！别想！别想！"老头儿好像觉得这事儿实在太可笑了，竟笑弯了腰。这么一来，他整个身体就失去了平衡，一下子从岩壁上摔了下去。人摔到岩壁后边就不见了，可他那一连串尖厉的笑声仍久久地回荡在山谷中。

"真是个奇怪的家伙。"奇迹王子若有所思地说。

"不过，也许他说的是实话，"尼尔勒说，"我们确实已经鲁莽地闯进了斯波尔王国的地界。我父亲是海格王国里最勇敢的男爵，可即便是他也不敢贸然进入，所有的人都害怕那位神秘的国王。"

"他们是魔法岛上最凶恶的种族。"尼尔勒说，"他们成千上万，都由这位神秘的国王统治着。不过，如果你觉得我们两个能敌得过他们的话，我倒是乐意奉陪。也许由于我们的胆大妄为，他们会残酷地折磨我，或者把我饿死；不管怎么说，我肯定会在这儿碰上足够多的麻烦和苦难的。"

"时间会告诉我们一切。"奇迹王子乐观地说。

"实际上，"奇迹王子开始发表自己的意见，"也该有人对这个奇怪的王国作一番调查了。很长时间以来，岛上的居民对这位国王和他统治下的野蛮臣民过于纵容，人们本该给他们一点儿教训，叫他们懂点儿规矩。"

尼尔勒觉着奇迹王子这话说得好笑。

他们正走在一条群山耸峙的峡谷中，两旁全是陡峭的悬崖绝壁，道路十分狭窄。奇迹王子偶然回头望望，发现他们每经过一块山石，就有一个人从岩缝中闪出来，悄悄跟在他们的身后。随着他们越来越深入，跟在他们身后人就越聚越多。后来，跟在他们身后的队伍，人数竟达到数百人之多。

从外貌上看，这些人的模样和穿着打扮真是要多奇怪有多奇怪。他们的皮肤就像他们藏身的岩壁一样是灰色的，身上只穿着一件短袖长袍，腰间系着一条用狐皮制成的皮带，每个人的皮带上都插着一把短柄三叉戟，戟上的每根齿都有 6 英寸长。长袍和皮带都是灰色的。

尼尔勒回头望了望，当看到跟在他们身后这支奇怪的队伍时，脸上浮现出一丝满意的笑容。他们没法摆脱这些灰种人的跟踪，只要前边没人挡道，奇迹王子一点儿不在乎是不是有人在跟踪。

奇迹王子骑着马镇定自若地往前走着，尼尔勒紧紧跟随。在经过一段漫长的上坡路之后，他们开始下坡。不久，一道宽阔的山谷就展现在面前，山谷中央矗立着一座巨大的城堡。城堡的圆形拱顶仿佛是用纯金打造的，在阳光的映照下熠熠生辉。有一条宽阔的铺着大理石的大道，从山谷的入口处一直到城堡大门。凶神恶煞般的巨人种族就整齐地排列在大道两旁，他们每个人腰间插着一把锋利的战斧，左肩上还扛着一根粗大的钉着银钉的橡木棒。

奇迹王子和尼尔勒从容地通过这条大道，排列整齐的巨人在大道两旁威严地站立着，一动也不动，就像那些灰种人一样无声无息。面目狰狞，他们怒视着这两个不速之客，眼睛又红又亮，仿佛就是一对对通红的火球！

"我全身的每个毛孔都开始感到前所未有的快乐。"尼尔勒兴奋地说，"在离开这地方之前，毫无疑问，我们要经受一番磨难了。好像他们并不打算阻止我们前进，可是要想溜走，那就是难上加难呢。"

"我们本来也没打算溜走。"奇迹王子满不在乎地说。

尼尔勒又朝身后瞟了一眼，跟踪而来的灰种人到了山谷的入口处就止步不前了。那些巨人在他们通过之后就跟了上来，他们排成一个密集的纵队，紧紧跟在奇迹王子和尼尔勒的身后。

"我有个预感，"尼尔勒在奇迹王子的耳边悄悄地说，"这就是我们这次旅行的终点了。"

随着他们越走越近，那座城堡也显得越发高大、雄伟，简直就是一座矗立在他们面前的大山。城堡的高墙在附近投下浓重的阴影，仿佛黄昏已经来临。猛然间，一阵嘹亮的号角声从城墙顶端传来，城门轰隆隆地打开了。进了城堡，他们来到一座气势恢宏的庭院，庭院的地面完全是用金砖铺成的。这个国家的小矮人们——他们的模样真是又古怪又可笑，就像一群左突右冲的螃蟹——见了客人到来，都纷纷挤到近前抓住客人的马缰。两位客人倒是毫不紧张，他们从容地下了马，兴致勃勃地望着身边这些模样古怪的小矮人。

小矮人们把客人的马牵到马厩里拴好，这时一个白胡子老人走上前来，他穿着一件跟他的胡子一样耀眼的白色长袍。老人走到奇迹王子面前，深深鞠了一躬，用温柔的嗓音说道：

"请跟我来！"

奇迹王子伸了伸胳膊和腿，打了一个大大的哈欠，似乎长途旅行弄得他有点儿累了。他瞅瞅白胡子老人，脸上的傲慢神情仿佛是对老人的吩咐声感到无比惊讶。

"我从不跟随任何人！"奇迹王子高傲地说，"我是奇迹王子。先生，如果这座城堡的主人想要见我，我就在这儿接见他，这样才符合我的身份和地位。"

听奇迹王子这么说，老人惊得目瞪口呆，半晌说不出话来。他又毕恭毕敬地向客人鞠了一躬。

"这是国王的命令。"他仍旧温柔地说道。

"国王？"

"是的。你们已经来到了斯波尔王国的主人和执政官特里巴斯国王的城堡。"

"噢，那就是另外一回事了。"奇迹王子从容不迫地说，"不过，我不会跟随任何人的。请告诉我怎么走，我去见见这位国王陛下。"

老人伸出一根瘦骨嶙峋的手指，颤抖着指向一座拱形大门。奇迹王子迈开大步朝那座大门走去，尼尔勒紧紧地跟在奇迹王子的身后。到了门前，奇迹王子"砰"的一声推开紧闭着的大门，大胆地跨进那位大名鼎鼎的特里巴斯国王的觐见室。

原来是这样：神秘的君王特里巴斯的相貌这么丑陋，怪不得从来不肯让人见到。

特里巴斯国王的觐见室是一座宏伟的圆形大殿，墙壁是用光秃秃的灰石砌成的，大殿的窗户全都开在离地面足有 20 英尺高的墙上，大殿的地面都是用灰石铺成的。大殿的中央耸立着一块巨大的表面粗糙的灰岩，灰岩的顶端凿出一个座椅模样的凹槽，这就是特里巴斯国王的宝座了。

国王宝座周围簇拥着一大群穿着华美的男男女女。这些人形态各异，其中还有这个国家所特有的巨人和小矮人。宫女们全都年纪轻轻，美貌非凡。

奇迹王子只朝人群瞥了一眼，很快注意到雄踞于大殿中央的那块灰岩，特里巴斯国王正坐在这个极其简陋的宝座上。

这位国王的尊容，肯定是那个时代人们所见过的最丑陋的一个。脑袋圆圆的像个鸭蛋，红彤彤的脸像熟透的桃子。更奇怪的是，这个奇丑无比的怪物竟长着三只

按照有序的方位对特里巴斯国王大殿的内景进行描述，非常有层次，让人一目了然。

衣着华美的臣民与简陋的宝座形成鲜明对比，让人疑惑。

眼睛：一只位于面部中央，一只高高地长在头顶上，第三只则长在后脑勺上。就因为他长得与众不同，他可以用三只眼睛同时监视着各个方向。他的嘴不仅开叉很大，而且见不着一点儿类似嘴唇的东西，他嘴里两排锋利的牙齿就从他那条不断摆动的长鼻子底下完全暴露出来。鼻子也长得出人意料，那是一条跟象鼻子一样的长鼻子，还时刻不停地左右甩动着。

这位国王被一大群服饰华丽的大臣、侍卫和宫女簇拥着，他本人只穿了一件简朴的灰色长袍，身上没有任何其他饰物。

奇迹王子和侍从尼尔勒从容镇定地走进了大殿，特里巴斯国王凶狠地凝视了他们好一会儿，起身向客人鞠了一躬。在他向客人鞠躬时，长在头顶上的那只眼睛朝他们主仆二人狠狠地瞪了一眼。

国王终于开口说话了，他的嗓音是那么的温柔和彬彬有礼，站在奇迹王子身后的尼尔勒吃了一惊，他本来以为会听到一头猛兽发出得愤怒的咆哮声。

"您不辞辛劳，一定要到敝国领土上来一遭，不知为什么？"

"一半是出于偶然，一半是出于好奇。"奇迹王子回答说，"这个岛上除了您的臣民，没有谁见过陛下的模样。所以，既然我们在无意间闯进了贵国的领土，我就决定来瞧瞧您这位神秘的君王到底生着怎样一副尊容。"

在场的所有大臣和宫女一个个吓得面如土色，他们从没
听见过有谁敢这么跟他们的国王说话。特里巴斯国王并
没动怒，他只轻轻点了点头，就又问道：

"现在，你如愿以偿了，对于寡人你怎样评价呢？"

"很遗憾，您竟然提了这么个问题。"奇迹王子说，
"我不得不坦白地告诉您，您的确是个相貌丑陋的家伙，
实在没法让人恭维。"

"哈哈，你真是个诚实的人，说话直来直去。"特里
巴斯国王点头称赞，"正因为这样，我才从不离开我的
王国，你一定能理解我的苦衷。我从不许其他国家的客
人踏上我的领土，任何非法闯入者都将被判处死刑。只
要没人见过我这个斯波尔王国的国王，人们就不会对我
的长相说三道四。要是我能选择自己长相的话，我当然
会希望自己成为一个美男子，而不是像现在这样成为一
个人见人厌的丑八怪。"

特里巴斯国王
之残忍的原因
竟是其容貌。

"完全可以理解。"奇迹王子回答道，"我倒是很希
望您成为一个美男子。您眼下的这副尊容的确会让我在
许多夜晚梦见您的！"

尊容：指人的
相貌（多含讥
讽的意思）。

"不会有那么多夜晚了。"特里巴斯国王摇摇头，说
道，"因为你已经死到临头了，而死人是不会做梦的。"

"我为什么要死？"奇迹王子诧异地问。

"因为你看见了我的长相。如果我放了你，全世界
的人就都会知道：斯波尔王国的国王竟是那么一副可怕

的相貌。请相信我，我真的不想杀你，可是，你得为你的鲁莽付出代价——还有你身后的那个男人。"

听了这话，尼尔勒高兴地笑了——到底是由于特里巴斯国王称他一声"男人"让他感到荣耀，还是国王要处死他们的决定印证了他的预料，只有天知道。

"你能让我对这个判决表示反对吗？"奇迹王子问。

"当然，"特里巴斯国王彬彬有礼地说，"我料想你会反对的，这再自然不过了。不过，反对也没用。"

然后，他转身对一位侍卫吩咐道：

"传那个专门处死傻瓜的刽子手上殿！"

国王的命令真是太奇怪了，奇迹王子当场就笑了起来。

"怎么是处死傻瓜？"他大声抗议道，"难道说我是一个傻瓜吗？陛下这么说，真是让我太没面子了！"

"你未经准许就闯进我的领土，"国王反驳说，"你还当面对我说：你长相难看。不仅如此，在我判处你死刑时，你竟然还笑得出来！从这几方面来看，传唤那个专门处死傻瓜的刽子手来行刑，再恰当不过了。看！"

奇迹王子迅速转过身去，只见一个彪形大汉已经站在了他的身后。他的身材高大强健，整个面容十分冷峻。不过，这个刽子手生得相貌堂堂，皮肤白皙得找不到一丝一毫的瑕疵，穿了一件银色长袍，右手里握着一

真是个奇怪的国家，竟然有这种刽子手。

刽子手相貌和身材的对比映衬也很强烈。

把寒光闪闪的利剑。就在他们四目相视的一刹那，奇迹王子从他的眼神里捕捉到了一丝同情的目光。

"幸会，幸会！"奇迹王子朝刽子手鞠了一躬，由衷地说，"我已经听人提起过你的大名了。据说你对自己的职守一向并不热心。"

"要是能让我放手干的话，"这个刽子手说，"我手上的这把宝剑就会永远滴着血！是我的主人不让我这么干。"

他用下巴朝特里巴斯国王点了点。

"既然如此，你就该向这个人行使你的权力，让这个丑陋家伙的脑袋搬家。"奇迹王子说。

"他不会的。"特里巴斯国王充满自信地说，"要不是我一直约束着这个刽子手，我这个国王很快就没有什么臣民可统治了，因为这些人迟早都会尝到这把利剑的滋味！"

"噢，你说的也许不假。"奇迹王子说，"不过我想，要是这样的话，你的这位专杀傻瓜的刽子手就是个废物！我马上就替你除掉他。"

说着，他抽出宝剑，信心十足地面对这个杀人魔王。就在两把宝剑相撞击的当儿，刽子手的那把剑被齐根削成了两截，刽子手后退一步，砰的一声摔在地上。奇迹王子一个箭步踏上去，手中剑一下抵住了这个杀人魔王的胸口。

王子对打斗一直很自信，而且身手非常敏捷，这让他在历险中勇往直前。

"住手!"国王特里巴斯赶忙喊道,从宝座上一下子站起来,"你真要杀死这个刽子手吗?想想你这么干会给世界带来多大的危害!"

"这是个既懒惰又没出息的家伙,他对自己该干的事迟迟不肯动手。"奇迹王子冷冷地说。

"尽管如此,他哪怕一年杀掉一个傻瓜,也是对人类干了有益的事啊。"特里巴斯国王大声说,"我恳求你放了他。"

听到国王的恳求,奇迹王子收回宝剑,跳起身来。刽子手慢腾腾地从地上爬起来,满脸羞愧地朝国王鞠了一躬。

愤怒的国王将其残忍展露无遗。

"滚!"特里巴斯国王气得眼里冒火,大喝一声,"你让我在敌人面前丢尽了脸!为了补偿你的过错,你要每天替我杀死一个傻瓜,连杀 60 天。"

听到国王的吩咐,宝座周围的那些男女个个吓得面如土色。特里巴斯国王对此却毫不在意。这个专杀傻瓜的刽子手得了主人的吩咐,又恭恭敬敬地鞠了一躬,狼狈地退出了大殿。

▍情境赏析▍

本文讲述的是奇迹王子与神秘而可怕的特里巴斯国王的觐见经过。文章通过臣民衣着的华美与国王宝座的简陋、国王彬彬有礼的举动与凶狠的神情、丑陋的外表与温柔的声音等的强烈对比,让人引发了对国王的强烈好奇感。通过王子与国王的对话，国王凶狠残忍的原因竟是不愿意被别国的人知道他的容貌。不过，国王想杀奇迹王子却不容易，自信而武艺高强的王子轻松地将国王的刽子手击败了。本文最大的亮点在于作者用丰富的想象力塑造出的丑陋国王形象，对其进行的生动而细致的外貌描写让其形象鲜明有趣，成为本书最成功的人物形象之一。此外，本文对国王因丑陋而杀别国人与配备专杀傻子的刽子手等情节的设置也极富有创造力，极大增加了故事的精彩度。

名家点评

　　写童话的目的，是创作现代童话，而且不会像格林兄弟笔下的童话那样吓着孩子。

——（美）弗兰克·鲍姆

特里巴斯国王被激怒了，他的杀手锏竟然是王家豢养的神龙！

"现在，"特里巴斯国王阴沉着脸，望着奇迹王子说，"我不得不用另一种方式处决你了。"

他低垂着一张紫红的脸，沉思了好一会儿。然后，他气急败坏地转向身边的侍从们。

"角斗士在哪儿？该是你一展神威的时候啦！"他扯着细弱的嗓音大声喊道。

一个高个子的黑人从人群里走出来。他甩掉身上的长袍，只留下一块缠腰布，这是个强壮有力的汉子。

"我命令你，立刻把这个家伙处死！"特里巴斯国王声嘶力竭地喊道，"马上让他粉身碎骨！"

"请国王陛下高抬贵手，别叫我去跟这个脏兮兮的家伙对阵，免得弄脏我的手！"奇迹王子抗议道。

"尼尔勒，该是你出战的时候了！你去替我把这个壮汉收拾了，省得我自己动手。"

听到主人的吩咐，尼尔勒高兴地大笑起来。这个皮肤黝黑的角斗士像一座铁塔巍然屹立在大殿的中央，跟他比起来，尼尔勒和奇迹王子简直就是两个小男孩儿。然而，尼尔勒毫不畏惧，他一个箭步朝那个大个子的角斗士扑过去。可刚一交手，角斗士就把尼尔勒扔出去很远很远。

这一跤跌得不轻，尼尔勒痛苦地从地上爬起来，脑袋的右边已肿起一个大紫包。尼尔勒被摔得晕头转向，觉得整个大殿都在旋转。不过，他开心地笑着，以感激的口气对主人说：

"太谢谢您了，我的主人，这一跤摔得我心花怒放！我几乎要哭出来了，可是，这真让我高兴！"

"好吧，"奇迹王子叹了一口气，无可奈何地说道，"看来我必须跟这个野蛮的家伙打一仗了。"

这位角斗士为了不让对手抓住，把身子抹得滑溜溜的。然而，奇迹王子一个近身，一下抱住了他的腰，然后两手一提，眨眼之间就把这个家伙从高墙上开着的一扇窗户扔了出去，在场的人都惊呆了。当国王和他手下的众人收回目光，看向奇迹王子时，他正掏出一条丝质手绢，细心地擦着粘在手上的那层油腻腻的东西。

看到大个子的角斗士被奇迹王子扔到窗外的滑稽场面，人群里一个年轻貌美的宫女不禁扑哧一声笑了。这让特里巴斯国王十分恼怒。

"到这儿来！"特里巴斯国王严厉地喝道。年轻的宫女知道自己闯祸了，吓得脸色惨白，眼泪溢满眼眶，正颤巍巍地挂在她那长长的睫毛上。她慢慢地挪到国王的宝座前。

"在你的主子丢脸的时候，你竟然还敢嘲笑他！"特里巴斯国王一发怒，他的脸就涨得更红了。"你必须为此付出代价。我罚你喝下一杯毒酒。"

马上就有一个小矮人走上前来，他手里端着一个用纯金制成的精美的高脚杯。

"喝下去！"小矮人恶狠狠地说，脸上浮现出嘲弄的神态。他那端着金杯的两只干瘦的手像树根一样扭曲着。

宫女知道，这金杯盛着的酒里掺着烈性毒药，只要沾上一滴，就会立刻送命。她颤抖着把这杯毒酒捧在手上，满脸泪花。

奇迹王子同情地望着这个痛苦的宫女，快步走到她身旁，握住了她的手。

"现在，你可以放心地把这杯酒喝下去了。"奇迹王子微笑着对她说，"酒里的毒药不会伤害你的。"

宫女顺从地把那杯毒酒喝了下去。小矮人开心地笑了，那咯咯的笑声让人觉得毛骨悚然。特里巴斯国王急切地望着宫女，然而，她毫发无损地站在大殿上。她紧紧抓住奇迹王子的手，感激地望着他。

"你是一位仙人！"她说，声音低得只有他们两个听得到。"我知道，是你救了我。"

"别做声。"奇迹王子在她的耳边嘱咐说，"请替我保守这个秘密。"他拉着宫女的手，把她送回到人群中。

特里巴斯国王又气又恼，差点儿发起疯来，他的那根长鼻子一边来回地摆动，一边快速地抽搐着，真吓人。

"这么说，你竟敢抗拒圣旨！"他怒气冲冲地对奇迹王子大喊大叫，"好吧，我们两个马上就会分出个高低。既然我已经宣判你的死刑，你就一定要死！"

他长在脸部中央的那只眼睛焦躁不安地转了好一阵，然后，他大声吩咐：

"快去把王宫动物园的驯兽师传来！"

侍卫们马上传来三位驯兽师，他们属于斯波尔国的灰种人，奇迹王子和他的侍从尼尔勒进入山谷时，正是这些灰种人一路尾随着他们。

"去把王家豢养的神龙牵来！"特里巴斯国王叫喊道，"我要亲眼看着神龙一口把你们吞掉，这样才能解我心头之恨！"

三位驯兽师恭敬地退了下去。很快，远远地先传来一阵吆喝声，接着，是一阵低沉的隆隆声，还有一连串的咕哝声、打喷嚏声、嚎叫声以及如同水壶沸腾时发出的咝咝声。

这种奇怪的声响越来越响了，大殿上的那些大臣和宫女一个个吓得不敢动弹，像一群受惊的绵羊似的挤作一团。突然，大殿的门一下被撞开了，神龙赫然出现在人们面前。

这个庞然大物足足有 30 英尺长，全身披着镶嵌着钻石的绿色巨鳞，它一走动，那些钻石就会闪闪发光。它的两只眼睛像盛馅饼的碟子那么大。它的嘴巴，在它张开的时候，足有澡盆那么大。它的尾巴又粗又长，顶端镶着一个金球，它的腿有大象腿那么粗，腿上覆盖着一层镶着红宝石和祖母绿的鳞片。它的两只耳朵也大得出奇。此外，它的头上还有两只用象牙制成的长角。它那满嘴的牙齿更是奇怪，全都被雕刻成稀奇古怪的形状，像城堡啦，马头啦，瓷瓶啦，鹰头狮身的怪兽啦，等等诸如此类的玩意儿——如果你敢的话，这样的牙齿你掰下任何一颗，都能制成一根很棒的伞柄！

　　这头神龙迈着沉重的步子一步一挪地进了大殿，每挪一步就发出一阵低沉的呻吟声，还扑啦啦地扇动着两只大耳朵，就像挂在晒衣绳上的两个布片。

　　特里巴斯国王看到他的神龙竟是这么一副模样，不禁皱起了眉头。

　　"你为什么不喷出你的硫磺火？"他严厉地责问。

　　"啊，前天夜里刮了一阵大风，弄得我伤风了。"神龙走到宝座前，一边用左边的一只前爪给耳朵抓痒，一边回答道，"而且，我的硫磺火也叫风给吹灭了。"

　　"为什么没重新给它点上？"他转身问那三位驯兽师。

　　"我们……我们的火柴用完了，陛下。"驯兽师结结巴巴地回答。

　　"噢……气死我了！"国王号叫着，正要判处三位驯兽师，尼尔勒迅速从衣兜里掏出一盒火柴，"嚓"的一声划着一根，递到那头神龙的嘴边。神龙对火柴一吸，重新点着了硫磺火，它的两个鼻孔就呼呼地喷出一码多长的火苗来。

　　"这还差不多。"神龙叹一口气，满意地说，"现在，陛下该满意了吧？"

　　"不……我不满意！"特里巴斯国王大嚷声道，"你为什么不甩动你的尾巴？"

　　"噢，甩不动啦。"神龙抱怨道，"我住的山洞又潮又冷，弄得我得了关节炎，整个尾巴僵直得像一根棍子，正疼得要命，哪儿还甩得起来！"

　　"啊，即便如此，你也该咬牙切齿呀！"国王命令说。

"啧！啧！"神龙温和地回答道，"这也不能从命。陛下叫人把我一口锋利的牙齿弄得这么花里胡哨的，我整天牙疼，怎么能咬牙切齿呀？"

"既是这样，留着你还有什么用！"特里巴斯国王恼怒地说。

"我的样子不是很可怕吗？谁见了我不是胆战心惊的！"神龙骄傲地说。它一边说，一边起劲儿地喷着硫磺火，那通红的火苗绕着它的两个犄角一圈一圈地向上升，的确很吓人。"我也用不着向谁示威，不管是谁，只要看我一眼就够了。"

特里巴斯国王不满地瞅着它。不过，它说得不错，它看上去的确是个骇人的庞然大物。于是，他咽下怒气，转而用温和的口气说：

"我传你来，是叫你处决这两个人。"

"怎么个处决法？"神龙饶有兴致地打量着奇迹王子和尼尔勒。

"你想怎么处决就怎么处决。"国王道，"你可以用你的硫磺火把他们烧死，用你的尾巴把他们击毙，用你的牙齿把他们嚼成碎末，或者用你的利爪把他们撕成碎片，随你怎么干都成！只要——赶快替我把这件事了结了！"

"唔……唔……唔。"神龙摆出一副不慌不忙的神态，好像在沉思，它对国王吩咐给它的这项任务不感兴趣，"这位不是圣乔治，对吧？"

"不，不是！"特里巴斯国王对它的不紧不慢大为不满，"他是奇迹王子。赶快动手，快！"

"奇迹王子……奇迹王子，"神龙嘴里念叨着，"啊，世上的王室家族里从没有一个奇迹王子！你知道，我对王室的族谱确实下过一番功夫。我想，这一定就是圣乔治下凡，只是变了个模样。"

"你是叫奇迹王子吗？"听神龙这么说，特里巴斯国王也有些疑惑，他望着眼前这位俊俏的年轻人问。

"是的。"奇迹王子回答说。

"啊，那就太奇怪啦，我从没听说过这个名字。"神龙不紧不慢地说，"不过，我想问问你：你愿意怎么个死法？"

"我根本就不想死！"奇迹王子大笑着说。

"你听到了吗？"神龙转身对国王说，"他说了，他根本就不想死。"

"但是，我说过了：他必须死！"国王大声说，"我已经判处他死刑了！"

"可是，你怎么能让我去杀死一个不想死的人呢？"神龙用批评的语气反驳说，"而且还是这么一个小人儿！你真把我当成了一个没有头脑的刺客，或是毫无主见的杀人犯！"

"你不打算执行我的圣旨吗？"国王咆哮起来。

"不，不打算！我要是真那样干了，那才愚蠢呢。"神龙针锋相对地说，"现在，我该去吃咳嗽药了。如果陛下没有别的吩咐我就回洞里去了。"

"滚！滚！滚！"特里巴斯国王气恼地跺着脚叫道，"你这个没用的东西，越活越糊涂！你是个懦夫！你是个叛徒！你是个——是个——是个……"

"我是一条神龙，而且还是一位绅士！"就在国王特里巴斯半天说不出话时，神龙骄傲地说，"我相信，我还懂得什么是应该干的，什么是不应该干的。我从父亲那儿得到了教训——有一回，由于他行事不慎，栽在了圣乔治的手上。如果我贸然跟这个自称'奇迹王子'的骑士交手的话，恐怕也会落个像那傻瓜刽子手一样的下场。嗯，我知道我该怎么行事，国王陛下。如果您也知道您该怎么行事的话，我奉劝您一句，还是尽早摆脱这个自称奇迹王子的年轻人吧。"

　　说完，它朝奇迹王子挤挤眼，神态庄重地转过身子，慢腾腾地出了大殿。在场的所有人，包括特里巴斯国王，似乎都为摆脱了这个令人恐惧的庞然大物而松了一口气。

第九章

恼羞成怒的特里巴斯国王派出了他忠实的手下——灰种人和小矮人，他们会怎样对付奇迹王子呢？

特里巴斯国王把目光又转向了奇迹王子。一想到大名鼎鼎的他竟然屡次败在奇迹王子手上，他的脸色就越发通红，生在脸中央的那只眼睛也在骨碌碌乱转。

然而，这并不意味着他已经黔驴技穷了。他觉得自己是一位了不起的国王，是魔法岛上最伟大的国王，他完全有这个自信。他马上就又有了个主意。"传100名灰种人上殿！"他大声命令说。

国王很清楚，灰种人会毫不迟疑地立刻执行他的命令。这些灰种人行动起来迅速、执著、无声无息，而且对他这位国王忠心耿耿。一旦国王发出命令，这些灰种人就会立刻去为他们的国王赴汤蹈火。

就在尼尔勒还没反应过来的当儿，100名灰种人已经悄无声息地进了大殿，一个个精神抖擞地立在大殿中央。奇迹王子走近尼尔勒，小声地在他的耳边说着什么。

"你们愿意执行我的命令吗？"特里巴斯国王问。

这100名灰种人望着宝座上的国王，一齐坚定不移地点点头，同时，右手握住了插在腰间的一把锋利的三叉戟。

就在这时，奇迹王子拿出一卷绳子，把绳子的一头递给尼尔勒，另一头抓在手上，两个人飞快地跑上前去，拉着绳子围着这些灰种人转了一圈。于是，这些原本就挤在一起的灰种人被绳子牢牢捆住了。然后，奇迹王子和尼尔勒把绳子的两端系在了一起。这条绳子几乎勒进了最外一层灰种人的腰里，这么一来，这100名灰种人就像一捆劈柴棒子那样被奇迹王子捆了起来，一动也不能动了。

奇迹王子和尼尔勒的行动是如此的干脆利落，特里巴斯国王看得差点儿惊掉了下巴。奇迹王子把这捆"劈柴棒子"立起来，轻轻一推，它就骨碌碌地滚出了大殿，然后又飞快地滚过大殿前的庭院，"砰，砰，砰"一蹦一跳地摔下了城堡的台阶。最后，绳子断了，这些灰种人一个个全都四仰八叉地摔在了大理石地面上。

特里巴斯国王十分宠爱这些忠心耿耿的灰种人，奇迹王子却开了他们一个大大的玩笑，国王陛下生气万分，他比任何时候都更加坚定不移地要杀死这两个肆无忌惮的年轻人：在他的宫殿上，他们竟然敢当着众多大臣和宫女的面让他出丑！

国王朝一个离他的宝座不远、穿着灰色长袍的小矮人招了招手，紧锁着眉头吩咐说："传我的火镖投掷手上殿！"

小矮人恭恭敬敬地鞠了一躬，赶紧去传国王的命令。紧接着，大殿里就出现了20个长得奇形怪状的小矮人，每人手持一把弹弓，腰间挎着一个箭袋，箭袋里装满锋利无比的飞镖。

"杀了他们！"特里巴斯国王用最粗哑的声音命令道，"杀了这两个胆大妄为的敌人！"

尼尔勒童年时，就听到过许多关于这些会投火镖小矮人的传说，如今亲眼看见他们一个个全副武装地进了大殿，吓得浑身颤抖起来，上下牙不住地咯咯作响。"我们两个马上就要万事大吉了，这些吓人的火镖会把我们身上扎出无数个透明窟窿！"

20个小矮人在阴森森的大殿里靠墙站成一排，奇迹王子专注地望着他们，一边拉住尼尔勒的手，走到对面墙下，悄悄道："在我身后站好，不会有危险。"

小矮人们开始把火镖安到弹弓上，拉满了弓，听得队长一声令下，火镖就如蝗虫般向奇迹王子扑来，每一支都对准了他身体上的要害。说时迟那时快，奇迹王子早伸出了右手，手上拿着一只张着口的不大的皮袋。就在这些火镖飞近奇迹王子的一刹那，奇迹发生了：它们一支支全飞离了原有轨道，扑棱棱一齐落进奇迹王子的皮袋里。见此情景，一个个小矮人惊得目瞪口呆，特里巴斯国王则垂头丧气。

"发射！"他尖叫着，嗓音由于愤怒而升高了八度。

又一阵火镖如飞而至，再次一支不落地落入那只皮袋；紧接着又是一阵火镖飞过来，结果还是没什么两样。最后，小矮人手上的火镖全发射光了，奇迹王子手上的那只神奇的皮袋此时已装得满满的。

所有在场的人都惊得一句话也说不出来，奇迹王子笑得开心极了，他们一个个呆呆傻傻的模样，真是太滑稽了。他从皮袋里抽出一支火镖，举起手说："现在轮到我动手了。你们自己也应该尝尝这些火镖的味道！"

"住手！"国王大为恐惧，"我恳求您，别杀了我这些忠诚的小矮人。"

国王叫那些吓傻了的小矮人赶快解散，他们仓皇溜出大殿逃命。

尼尔勒站在奇迹王子身后，开始抹起了眼泪，伤心极了，他没让火镖穿出透明窟窿，就逃过了一劫。奇迹王子坐在凳子上悠然自得，饶有兴致地望着特里巴斯国王。国王用两手捧着红彤彤、光秃秃的脑袋，边思索，边用头顶上那只眼睛阴沉沉地望着这个桀骜不驯的奇迹王子。这位斯波尔国国王以前从没被打败过，也从没让谁小瞧过，现在，他在自己的臣民面前却丢尽了脸，真让他又气又恼。

特里巴斯国王猛然想到：一个凡人是决不会这么毫不费力地打败他的，他遇见了一位高手——也许是位大魔法师，也许是位修炼得炉火纯青的术士。至于化装成凡人的仙人，魔法岛上的人可是从没听说过。不管他是谁，如果继续尝试处死他，只会自讨没趣。

特里巴斯国王还没动用他的巨人军团——这是斯波尔王国的骄傲。但是，特里巴斯国王实在没法承受再一次的失败：如果巨人军团也败下阵来，他简直没法收场了。他决定采取另一种方针，用计谋来实现他自己的目的。

"说到底，"特里巴斯国王暗自盘算着，"我要处死他们，是为了阻止他们把我这副丑陋的相貌泄漏给世人。如果我把他们永远留在斯波尔国，还不是一样能达到目的！"

打定主意之后，他抬起头，微笑着，他一笑，嘴里的两排白森森的牙齿就整个露了出来，叫人看了实在难受。他对奇迹王子说："好啦，这些登不得大雅之堂的把戏也闹够了。"

"我用这些傻里傻气的杂耍迎接客人，还请王子海涵。从今儿起，我们就是朋友，我要用最好的礼数向客人表达我衷心的喜悦。

"用这些玩意儿迎接我的好朋友奇迹王子，实在有点儿不恭敬。其实，从一开始我就猜到了你的身份，为了证实我的猜测是对的，我就叫我手下的人跟你交手。可我也不过是抛砖引玉，叫他们瞧瞧我的座上客是怎样一位法力无边的大魔法师。你不要否认这一点，王子。我相信他们这些招数不可能对你造成任何损伤。"

说完这大套奉承话，特里巴斯国王走下宝座，向奇迹王子伸出手去。奇迹王子不会上当受骗，他很想瞧瞧这位国王还会耍出怎样的招数。他跟特里巴斯国王大笑着握手，好像他从不曾动怒。

大臣们恭恭敬敬地把奇迹王子和尼尔勒领进城堡中，一套豪华的住房，床上铺着厚厚的天鹅绒，大理石的浴盆里用了上等香水，各样丝绸、花缎衣物应有尽有，任凭主仆二人选用。二人沐浴后刚刚穿着停当，就有人禀报说，国王已为他们准备了丰盛的晚宴。于是，12名年轻貌美的宫女手执火把将客人引进宴会大厅。

夜幕笼罩了整个山地，特里巴斯国王的宴会厅里灯火辉煌。国王坐在一张长方形餐桌的上首，穿着一件灰色长袍，座椅是用一大块灰石雕刻而成。国王周围的大臣和宫女们一个个衣着华丽、风姿绰约。整个宴会大厅的墙都用精美的绣品装饰着，餐桌上摆满了各种纯金餐具。特里巴斯国王的容貌实在是太丑陋了，仿佛是一张完美的羊皮纸上一个大大的污点，奇迹王子注视他时，不由得打了一个冷战。

特里巴斯国王将奇迹王子安排在自己右手，又对他说了一大套恭维奉承的话。尼尔勒站在奇迹王子的身后，尽心服侍着自己的主人。其他的仆人们对尼尔勒不敢稍有怠慢，就因为他是一位非同寻常主人的非同寻常的侍从。

所有宴会上的人向他们投来惊奇万分的目光：他们从容镇静地来到特里巴斯国王的城堡，毫不费力地战胜了恶魔一般的国王，太了不起了！尽管奇迹王子生着一副年轻俊俏的相貌，并且一直面带微笑，在众人的眼里，他却比国王特里巴斯更令人敬畏。

接连几天总是走着盘陀路，即使是奇迹王子也没有办法可想。看来想要离开斯波尔国得另想出路。

接下来的日子里，国王和大臣们把他们待为上宾，尊崇有加，主仆二人过得悠闲自在。

没过几个星期，尼尔勒开始变得情绪低落，落落寡欢。尼尔勒对竞技啦、跳舞啦这类无聊的玩意儿感到了厌倦。

奇迹王子注意到自己的侍从有些不开心，问起其中的原因。

"哎！"尼尔勒回答说，"我离家出走是为了寻烦恼和苦难，我在这里看到的，却是跟我父亲城堡里没什么两样的沉闷、无聊的生活。您已经变成了一个游手好闲的骑士，主人！您每天想到的更多的是眉目传情，把行侠仗义完全抛在了脑后！要是您解除我们的主仆关系，我真是求之不得——这样，我也好继续寻找我的理想。"

"别着急，"奇迹王子说，"我们一起走。我也厌倦了这种享乐的生活。"

次日一早，奇迹王子去觐见特里巴斯国王。

"我是来向陛下辞行的，我跟我的侍从打算离开贵国。"

国王开始不把奇迹王子的话当真，边大笑，边来回摆动着他那根长鼻子。等他终于弄明白奇迹王子当真要走时，他收住笑声，心里要多烦恼有多烦恼。最后，他沉吟道：

"我恳求您再待些日子。以前从来没有哪位客人来我们国家呢，我万分不想失去您这样一位好朋友。"

"谢谢，我们必须得走了。"奇迹王子干脆利落地回答道。

"你们对我的招待有什么不满意的吗？"特里巴斯国王问，"不论您有什么要求，我们一定满足。"

"我们要到别的地方继续历险。"奇迹王子说，"请您答应我们。"

看到客人如此坚决的态度，国王不再坚持。

"那好，既然你们已经打定主意，我就不再挽留了。不过，今天晚上，我也许还能在城堡里见到你们。"

奇迹王子匆匆出了觐见室，没去留心他这话的用意，尼尔勒已经牵马站在了大殿台阶前，整装待发了。

广场上，灰种人整齐地排列着，大道两旁，排列着高大的巨人种族。奇迹王子和尼尔勒离开了城堡，一路上畅通无阻。

当初他们只见到一条通往城堡的大道，如今他们才发现，这样的大道有好几条，每一条都连接着山地和这个国家的都城。奇怪的是，他们两个都记不起是从哪个方向进入城堡的了。

"往哪条路上走，其实对我们来说都关系不大，只要能离开斯波尔国就行。"奇迹王子说。他们随便选了一条，不久来到了山谷的入口处。

尼尔勒原先还喜形于色，渐渐有些闷闷不乐。

"我原想不经过一场恶战，我们就甭打算离开这个斯波尔王国。"

他满脸忧郁，"可是，既没人挡我们，也没人跟我们过招，也许这个特里巴斯国王巴不得早早打发我们走人呢！"

"也许是别的情况。"奇迹王子笑着说，"尼尔勒，请听我说：也许是国王发现我们比他更强大，如果继续跟我们作对，我们就会打败他的所有军队。到了那个时候，他就更不好收场了。"

"用不着担心，"奇迹王子道，"只要能离开那个丑陋的特里巴斯国王，我就知足了。"

他们沿着崎岖的山路蜿蜒前进，一会拐到左边，一会转到右边，最后完全迷失了方向，一点儿也闹不清他们走着的这条山道到底通向何处。

"也许我们陷入了更加险恶的境地。"尼尔勒说，他的脸上有了笑容，"一个巨人前天曾跟我说，靠近山区，有个海尔·齐统治的特崴王国。"

"海尔·齐是什么人？"奇迹王子问。

"不知道。"尼尔勒回答说。

"这个特崴王国又是怎样一个国家？"

"这也没人知道。"尼尔勒又摇了摇头。

"既然如此，"奇迹王子微笑着说，"如果我们碰巧到这个特崴王国走一遭，不是比别人多长些见识吗？"

"难道这条路没个尽头吗？"奇迹王子感到奇怪，"我们最好赶紧找到一处有人家的地方，要不然就只好露宿山里了。"

"要是那样的话，半夜兴许有狼来袭击我们。"尼尔勒十分愉快，"它们会用锋利的牙齿和爪子撕碎我们。"

奇迹王子和尼尔勒一路马不停蹄，很少注意周围。他们边赶路，边说笑，不觉天色已晚。

主仆二人转过一道弯，眼前的景致让他们惊得半晌说不出话来。他们刚一转出山谷，高高地耸立在他们面前的正是国王特里巴斯的城堡。通往城堡的大道两旁，那些高大的巨人种族整齐地排列着，与早晨离开时的情景毫无两样。

尼尔勒扭过头去，见无数的灰种人紧紧跟在他们身后——这些灰种人从他们经过的每一块岩石后头闪出来，把整个山谷填得满满的。

"我们该怎么办？"尼尔勒问，"打一仗？"

"不必！"奇迹王子说。望着尼尔勒脸上那副渴望的神情，他不禁笑了起来。"看来我们选择的是一条盘陀路，我们绕了一圈，就又回到了原来的出发点。眼下也只好再跟那位老朋友——特里巴斯国王待一个晚上了。"

城堡里没有人对他们这么快返回城堡表现出丝毫的惊讶，尼尔勒感到十分困惑，转而心生疑窦。主仆二人骑马穿过巨人们整齐的队列，进了城堡。

他们进到国王的宴会厅，特里巴斯国王已经等在那里。他仍旧坐在那个用灰石雕成的宝座上，彬彬有礼地请客人入座，神态安然。

奇迹王子看到国王那张通红的大脸以及脸上奇形怪状的五官，不由得感到一阵战栗。他忽发奇想，朝国王伸出一只手，用耳语般的声音——这声音是那么轻，周围的任何人都不曾听到，念出一句咒语。

尼尔勒没看见奇迹王子的手势，也没听见咒语，尼尔勒抬眼望着国王特里巴斯时，不禁大吃一惊：国王头顶的那只眼睛正骨碌碌地落到前额上，长在面部中央的那只眼睛略微往左边挪了挪，鼻子也缩短了不少。国王的那张脸也似乎没以前那么红，光秃秃的大脑袋上已长出一层细密的头发来。

尼尔勒一声不响地坐下来，开始用餐。除了尼尔勒，没人发现特里巴斯国王相貌上的变化，至于国王本人，对此更是没有丝毫察觉。

"你们这么快回到我的城堡里来，真让人高兴。"国王用他那惯常的温和语调，对奇迹王子说。

"没法子。"奇迹王子哈哈大笑，"山里的路七拐八绕，弄得我们认不清方向，一点儿都不知道自己身在何处。我们不知不觉地绕了一个圆圈，又回到了陛下的城堡。明天早上我们还会选另一条道，那就真的要跟您说再见了。"

"你们仍然会迷路的。"特里巴斯国王郑重其事地说，"我仍会在城堡里恭候王子的驾临。"

奇迹王子礼貌地鞠了一躬，算是回答。这天晚上他们饮宴、跳舞，时间很快过去。第二天，主仆二人选择了另一条道，匆匆忙忙地奔波了一整天，到了夜幕降临的时候，他们面前展现的跟前一天晚上没什么两样，巨人和灰种人正排列整齐地恭候他们的到来。奇迹王子感到说不出的烦恼；一向愁眉不展的尼尔勒脸上浮现出一丝笑意。

"我早料到会有麻烦的。"尼尔勒抑制不住内心的喜悦，"特里巴斯国王既然用武力没法取胜，他就要用计谋逼我们就范。"

奇迹王子没搭腔，他上前跟特里巴斯国王打招呼。特里巴斯国王不急不躁，好像他完全有这个把握：他们决逃不出他的手心！

晚上，奇迹王子朝国王伸出一只手，吐出一句咒语。尼尔勒定睛望着，就见特里巴斯国王从头顶落下来的那只眼睛又往下落了落，已经挪到左侧的那只眼睛又往左挪了挪，那条长鼻子又缩短了几英寸，他的脸色也变得不那么刺眼了。

国王身边的大臣和宫女们这回也觉察到了：国王的容貌正发生着奇妙的变化。特里巴斯国王看到身边的人全都用惊愕的目光注视着他，本能地抬手摸摸自己的鼻子、眼睛。然而，他想，即使有变化也只会更丑陋不堪。他皱了皱眉头，把脑袋扭到了一旁。

一大早，奇迹王子和尼尔勒第三次尝试离开，结果又是空劳一场。经过一天漫长而枯燥的旅行之后，傍晚他们又回到了出发点。

奇迹王子真的发火了，他快步走进国王的觐见室，对特里巴斯国王生气地说：

"你为什么一定要阻止我们离开你的王国呢？我们可从来没伤害过你。"

"你们已经看到了我的长相。"特里巴斯国王毫不动气，"我不想让你们离开我的王国，去跟全世界的人说我长得多么丑陋。"

奇迹王子望着国王，忍不住笑了。国王的两只眼睛已从原来的位置上挪动过两次了，它们在国王的前额上一左一右排列好，一只比另一只大很多。虽然鼻子比原来小了不少，仍像是大象的鼻子。除此之外，五官的其他部位也发生了不小的变化。照目前的情况看，特里巴斯国王仍然叫人看了大倒胃口，算得上奇丑无比。

看到奇迹王子笑，特里巴斯国王暴怒万分，他向客人大声宣布：
"在你们的有生之年，休想离开斯波尔王国。"奇迹王子没有生气，陷
入沉思：国王的所有敌意，源自于对他自己丑陋面容的过分敏感。年
轻骑士内心充满了对这位国王的同情，厌恶心理逐渐退去。

当宾主再一次聚集到宴会厅时，奇迹王子口中念念有词，为国
王施了第三次魔法。国王脑袋上已长出一头浓密的金发，眉毛和睫
毛都是那么英武非凡；他的头部和身体的比例也恰到好处；两只眼
睛挪到了最恰当的位置上；鼻子又高又直，显得那么高贵；肤色看
起来自然和健康，再也不是从前那种刺眼的朱红色了。不仅如此，
至于当初那只长在脑袋后面的眼睛，如今早消失得无影无踪了！

大臣和宫女们看到国王的相貌变得如此英俊，一个个激动万
分，忍不住窃窃私语起来。国王从大臣和宫女们脸上的喜悦神情知
道，他的相貌一定是在朝好的方向改变。大约国王对自己相貌上的
这种变化也有异样的感觉，脸上不禁露出惊讶的神情。他鼓起勇气
抬手摸了摸自己的鼻子，发现鼻子已经变成了正常的形状。他又摸
摸自己的两只眼睛，知道它们如今跟其他人一样，的确是长在脸部
的正前方了。

有好长一段时间，他一动不动。在确信这样的变化之后，脸上渐
渐浮现出由衷的欢笑，他大声问：

"到底发生了什么？你们为什么全这么吃惊地望着我？"

"陛下的相貌再也不是丑陋的了。"奇迹王子笑着道，"这么一来，
我跟尼尔勒离开您的王国，只会向世人宣扬国王尊贵英俊的容貌。"

"我的容貌如今真的变得好看了吗？"国王急切地问。

"是的！"大臣和宫女们异口同声地回答。

"拿镜子来！"国王吩咐道，"多少年了，今天我终于也能照镜子了！"

镜子拿来了，国王朝镜子里欣喜地看了又看。他立刻跑出了宴会厅。一股巨大的幸福感涌上心头，他再也控制不住，眼泪像洪水一样倾泻而出。

大臣和宫女们一齐向奇迹王子表达诚挚的谢意。"特里巴斯国王本质上并不坏。"他们中的一位说，"只是他过于关注自己丑陋的相貌，因而，哪怕是遇上一点点小事，也会大动肝火。这样一来，我们每一个人只不过是挨日子罢了，都自身难保。"

两个巨人进到宫里，搬走了国王从前的那张石头椅子，几个仆人另外搬来一张豪华的金制宝座，上面缀满了宝石。当国王再次出现在宴会厅时，他换上国王的御衣——一件绣着精美图案的紫色华丽长袍，他有许多年不曾穿过了。

"我的子民们，"他用庄严、亲切的语气说，"在我看来，只有英俊的国王才配穿豪华、富丽，一个丑陋的君主，只应穿得简朴才得体。多少年来，我的相貌是那么丑陋，甚至不敢去照镜子。如今，多亏了我们尊贵的客人奇迹王子：宽宏大量，深通魔法，他让我拥有了一个常人的相貌。从今往后，我要一改残暴，以宽仁之心治理国家。"

"今夜，为了庆贺这个大喜的日子，我要大摆筵席，尽情欢乐一番。我颁布一道谕旨：你们所有的人都要对我的朋友、伟大的奇迹王子表示敬意！"

　　国王的讲话引起人们的欢呼雀跃。晚宴热闹极了，特里巴斯国王加入到欢乐的人群中，尽情说笑，欢欣无比。

　　破晓时分，一整夜热闹的人们散去。回客房的路上，尼尔勒抱怨道：

　　"特里巴斯国王用种种方法折磨、刁难我们，您反倒给了他一副英俊的容貌，为什么呀？"

　　奇迹王子望着一脸怒气的尼尔勒，不禁笑了。"当你再有一些阅历之后，"他说，"你就会明白：要达到目的，方法有多种。特里巴斯国王的容貌就是我们离开这个国家的唯一障碍。既然如此，我们要离开这里，一个最简单的方法就是消除他阻止我们离去的理由。这么一来，我就战胜了特里巴斯国王，同时，我还赢得了他的感激和友谊，何乐而不为呢？"

　　"他今天早上会同意我们离开吗？"尼尔勒问。

　　"一定会的。"奇迹王子欢快地回答道。

　　当他们起床时，太阳已升起老高了。吃过早餐，奇迹王子第一件事就是去拜见国王。

　　"我们希望离开您的国家，"他说，"您还会继续阻止我们吗？"

　　特里巴斯国王动情地握住奇迹王子的手，泪水溢满了眼眶。

　　"从我本心来讲，我宁愿你做我永远的朋友，长久地待在这儿。"国王回答说，"但如果你选择了离开，我也决不会违背你的心愿。"

　　奇迹王子沉思了一会儿，说："我在这个岛上的时间很短。再过几个月，这里的人就不会见到我了，甚至连'奇迹王子'的名字也记不起来了。我还想去访问唐纳国、奥利尔国和普兰塔国，因此，我不能在你的国土上久留。我恳求您答应我立即上路。"

"好吧,"特里巴斯国王叹了一口气,说,"请跟我来,我会告诉你们离开这里的道路。"

他领着奇迹王子和尼尔勒登上一座高高的石崖,在粗糙的石壁上伸手探到一处隐蔽的泉水。耸立在他们面前的一块顶天立地的岩石立刻就像一道门那样敞开了,中间出现了一条一人一马可以通过的山路。

"这是离开斯波尔王国的唯一通道。"国王说,"任何其他的道路,都是从城堡开始,最后又绕回到城堡。如果找不到这扇神秘大门,就别想离开斯波尔国。"

"可是,这条路又是通往哪儿的呢?"奇迹王子问。

"通往你要去的奥利尔国。不过,这不是一条直路,中间要经过特崴国的土地。你们在旅途中可能要绕不少的弯子。"

"特崴国是怎么回事?"奇迹王子不解地问。

"这是一个谁都没见过的国家。"特里巴斯国王说,"甚至没有谁找到过通往特崴国的道路。据说,那个国家由一个叫做海尔·齐的强大君主统治着。"

"人们传说中的这位海尔·齐国王又是怎样一个人呢?"

"这个人们倒从未提及。"特里巴斯国王微笑着说,"好奇心太强,可不是件好事。好啦,再见了,祝你们一路顺风!不过,你不要忘记:斯波尔国的特里巴斯国王对你的大恩大德感激不尽。如果日后需要帮忙,招呼一声就行,这是我最大的荣幸。"

"谢谢。"奇迹王子说,"需要你帮忙的可能性不大。再见,祝愿你以后生活得幸福、愉快!"

说完,他跳上了马背,而那匹马早已等得不耐烦,四蹄在不停地前后挪动。奇迹王子终于离开了斯波尔王国,身后是他的侍从尼尔勒。他们安然通过面前那个巨大的石门,王宫里所有的大臣、宫女都来送行,那些巨人、小矮人和灰种人也都站成整齐的队列,敬祝客人旅途平安。

奇迹王子和尼尔勒回头望望这个蔚为壮观的送行人群,深受感动。他们通过这道拱形石门时,巨大的石门就轰然关上了。这个斯波尔王国,连同漂亮的特里巴斯国王,就消失在他们的身后。

神奇的特崴国果然够神奇！奇迹王子和尼尔勒差点儿怀疑自己是不是眼睛花了，怎么老有重影呢？

"又会有一番崭新的经历出现在我们面前了。"奇迹王子道，"我希望这一次更有趣。"自由的主仆二人一路上高兴地往前走着，不在意他们的马选择的是哪条道。

"当然！"尼尔勒回答说，"但愿我们这次能尝到更多艰辛，碰上更多麻烦！"

"我非常后悔，当初我怎么竟当了您的侍从！"尼尔勒说。

"说说，你的理由是什么？"奇迹王子回过头，望着他的侍从，微微一笑。

"不论遇上什么困难或危险，您都有办法战胜，这么一来，只要我跟在您的身边，就永远别指望尝到受苦受难的滋味了！"

"别泄气，孩子。"奇迹王子大声说，"你刚才不是说还有新的考验在等着我们吗？这一回我们要脱离险境，也许不像以前那么容易了。"

"的确是这么回事。"尼尔勒点点头道，"人总该有点儿盼头才好。"

就在这时，走在前头的奇迹王子突然勒住马停了下来。他朝四下里望了望，他们正走到一个前不着村、后不着店的地方。"怎么停住不走了？"尼尔勒不解地问。

"前边的路突然断了。"奇迹王子回答道，"有一道厚厚的树篱挡住了我们的去路。"

尼尔勒望过去，只见横亘在他们面前的是一道树篱，由又高又厚的荆棘丛构成，遮住了他们的视线。

"真让人高兴！"尼尔勒兴奋地说，"让我上前开出一条道来。荆棘上的尖刺肯定会扎伤我的，那才开心呢！"

"去吧，小伙子。"奇迹王子道，他的眼睛里闪动着快乐的光芒，"就照你说的办！"

尼尔勒跳下马，冲上前去。可是，刚一触到树篱，只听得一声惨叫，尼尔勒的两手已变得鲜血淋漓了，被扎伤了足足有一二十处之多。

"噢，我想，这暂时能叫你得到一些满足了。"奇迹王子哈哈大笑道，"跟我来吧，我们就沿着这道树篱走，我们要么走到这道树篱的尽头，要么就找到一个入口。"

他们沿着树篱走了一个小时又一个小时，既没发现它的尽头，又没找到任何可以穿过这道树篱的入口。夜幕降临了，他们把马拴在丛林旁，马儿可以啃吃地上生长着稀疏的牧草。躺在地上，他们用石块凑合着当枕头，睡了一夜。

天亮了，吃完早餐后，他们上了马，继续沿着树篱赶路。将近中午时分，奇迹王子惊叫一声，勒住了坐骑。

"怎么啦?"尼尔勒诧异地问。

"那不是你的手绢吗?"奇迹王子指着地上的一个白花花的东西问,"昨天,你手绢擦手上扎出的血,就掉在那儿了。很明显,我们已经沿着树篱走了一圈,却没发现任何穿过树篱的通道。"

"如果这样,"尼尔勒发表意见,"最好我们离开这道树篱,朝另一个方向走。"

"不,不。"奇迹王子反对说,"这道树篱后头也许隐藏着某个未知的国家,我倒很想知道这到底是个什么样的国家。"

"可,我们找不到入口呀。"尼尔勒反驳说。

"既然找不到,为什么我们不给它开出一个口呢?"奇迹王子说,"你不是喜欢吃点儿苦头吗?"

"谢谢您的好意。"尼尔勒摆摆手说,"昨天我的手上扎伤的地方还很疼呢,眼下够我享用了。"

"那看我的。"一边说着,奇迹王子一边抽出宝剑,口念咒语,挥剑朝树篱砍去。宝剑所到之处,枝叶纷纷坠落。奇迹王子砍过一阵之后,尼尔勒把坠落的枝叶堆到一旁,奇迹王子继续向前砍。这道树篱真是出奇的厚,只有奇迹王子的魔剑才能砍动,才吃得消如此繁重的工作。既然是位仙人在挥舞着魔剑,就没有什么树篱能阻止得了了。当最后一批枝叶被砍下后,他们骑马穿过树篱,来到了一个未知的国家。

他们一眼就看出,这是一个美丽的地方,然而,当奇迹王子和尼尔勒定睛望着这片美丽的土地时,不禁大吃一惊,两个人不约而同地揉了揉眼睛,以为自己的视力出了问题。两棵高大的树木矗立在他们面前，两棵树是那么相像，每棵树下各有一头母牛在吃草，这两头母牛也长得一模一样，在每棵树的左侧，各有一座房子，房前各有一个男孩儿在玩耍，简直就像是一对双胞胎！

令他们惊讶的是，这两个男孩儿不仅长相一样，穿着一样，而且他们玩耍时每一个动作也都一样。当一个男孩儿笑的时候，另一个男孩儿也在笑；一个男孩儿摔了个跟头，哭了起来，另一个也同时摔了个跟头，咧着嘴哭开了。

恰在这时，两个长得一模一样的女人冲出房门，用一样的动作把孩子从地上拉起来，掸掸土，揪着孩子的耳朵进了屋。看了这一幕，两位不速之客不由得又揉了揉眼睛。

"开始，看什么都是重影，我还以为是我的眼睛出了毛病。当我转过头来看你时，却只看见了一个你。"奇迹王子身旁的尼尔勒说。

"我也一样。"尼尔勒说，"看哪！两座山屹立在我们前方，有两条路从这里的房前一直通到山顶！这里所有的一切真是太奇怪啦！"

在他们说话的当儿，有两只鸟从他们身旁飞过；两头牛同时抬起头，"哞哞"叫开了；两个长得一模一样的男人同时翻过山，手上拎着各自的饭篮，沿着山路走到各自的门前。进门时，他们的女人同时迎上来，以同样的方式跟各自的男人亲吻，然后又同时砰的一声把门关上。尼尔勒不禁哈哈大笑起来。

"我们来到的究竟是一个什么样的国家啊？"他问。

"我们来解开这个谜。"奇迹王子回答道。他骑着马走上前去，用剑柄在一所房子的门上敲了敲。

两所房子的房门同时打开了，两个男人同时出现在各自门口。他们看见客人，又都吃惊地后退一步，他们的女人同时发出尖叫，两个孩子也一同哭了起来。两位妈妈都给了自己的孩子一巴掌，两个男人同时惊愕地问："你们……你们是什么人？"他们的说话声简直就是一个腔调。

"我们是两位客人，偶然来到你们的国家。"奇迹王子彬彬有礼地回答说，"可是我不明白，我们俩怎么会叫你们感到那么可怕？"

"啊，你们是单个人！你们两个各自不过是半拉人罢了！"两个男人同时大声说。

"不，不是这样的。"奇迹王子说，他努力控制着自己不要笑出声来。"我们确实都是单个人，就像你们全是成双成对一样，我们每个人全是完整的。"

"完整的？你们不过是半拉人！"两个男人这样说。他们的女人从丈夫的肩上望过去，看到客人时不禁同时尖叫起来，他们的孩子以同样的姿势抓住母亲的衣角，同时开始号哭。

"我们不知道世界上竟然还有这么奇怪的人。"两个男人说着，同时掏出一条褪了色的黄手绢，抹去额头上冒出的汗珠。

"我们也一样！"奇迹王子不快地反驳道，"我向你们保证，我们也跟你们一样感到吃惊！"

"请问，这是什么国家？"奇迹王子问。

"这是特崴国。"两个男人一齐回答说。

尼尔勒大笑起来。看到这两位客人一个在说着话，另一个则笑了起来，他们不禁又吃了一惊。

"噢！这么说，我们已经来到了特崴国。可是这里的光线怎么这么暗呢?"奇迹王子继续问。

"暗?"两个男人同时说,好像对奇迹王子的话感到吃惊。"啊,当然这样啦,现在是黄昏。"

"的确是这样。"尼尔勒回答说,"我没有想到这一点。这么说,我们是来到了很久以来深藏不露的特崴国啦。所有的人都听说过,可从来没有人踏上过这个国家的土地。"

"那么,你们又是什么人呢?"奇迹王子问,他好奇的目光从一个男人身上转到另一个男人身上。

"我们是特崴人。"

"两个?"

"特崴人——也就是特崴国的国民。"

"一回事啊。"尼尔勒大笑着说,"在这儿见到的每样东西都是成双成对的。"

"难道说你们的国家里就没有一个人是单个的吗?"奇迹王子问。

"单个的?"两个男人脸上现出茫然不解的神态,嘴里同时这样咕哝着,他们摇摇头说,"我们不知道你说的'单个的'到底是什么意思。"

"你们这儿所有的人全是一双一对的吗?你们这儿就没有谁是一个的吗?"奇迹王子感到,要表达清楚他的意思,实在不容易。

"'一'是什么意思?"两个男人不解地问,"在我们的语言里,没有'一'这个词。"

"他们这儿压根用不着这个词!"尼尔勒大声说。

"我们不过是穷苦的劳动者。"两个男人解释说,"翻过山去,就能看到特崴国的城市，执政官齐和齐齐就住在那儿，还有国王海尔·齐，也是住在那儿的。"

"啊！"奇迹王子高兴地大叫，"我听说过你们的国王海尔·齐。说说看，他到底是怎样一个人？"

两个男人同时摇摇头，表情和姿势完全是一模一样。"我们从没见过伟大的海尔·齐。"他们回答说，"法律禁止一般的人见到他们，只有执政官齐和齐齐才有机会见到至高无上的国王海尔·齐。"

"我越听越糊涂。"尼尔勒说，"单单是这几位齐、齐齐和海尔·齐，就把我弄得晕头转向了。我们还是进城去看个究竟吧。"

"这话说得在理。"奇迹王子点点头道，他朝两个男人招呼了一声："朋友，再见啦！"

他们朝奇迹王子一齐鞠了一躬。虽说有些胆怯，可他们还是礼貌地用同样的话语跟王子告别，然后同时关上了房门。

奇迹王子和尼尔勒启程，沿着两道并行的山路往山上走。原本悠然地在树下吃草的两头牛看见了客人，也吃了一惊，用同样的步子摇摇摆摆地朝远处跑去。跑出一段距离后，它们一同停下，从右侧回过头，冲着两位奇怪的客人"哞哞"地叫起来。

第十二章

见识到了最奇特和与众不同的城市固然是件好事，可奇迹王子和尼尔勒转眼就被关进大牢里了。

奇迹王子和尼尔勒翻过山头，见到了特崴国领土上奇特的城市。这里所有的城市都有两道城墙，城墙上开着两扇一模一样的城门。城内房屋鳞次栉比，小至最简陋的茅舍，大至最豪华的宫殿，全是成双成对的。城里的每一条街道也都是两两相并列的格局，在拐角处要立两根灯杆。如果你瞧见哪儿有树木或丛林的话，那肯定也都是两两相伴的；如果其中一棵树上的树枝断了，在另一棵树上相应的位置上也肯定能找到一根断枝；如果一棵树上飘落了一片叶子，另一棵树上肯定也有一片叶子同时落地。

进城之后，奇迹王子和尼尔勒对这类事自然也见得多了。他们打远处一眼就能看出这种两两相对的格局，形式五花八门，无奇不有。

主仆二人骑着马沿山路蜿蜒而下，刚走近城门，就有两对士兵冲出来，抓住了两匹马的缰绳。这两对士兵

对这个城市由整体到细节的描述非常详细，意在突出这个国家所有东西都成双成对的特征。尤其是三个"如果……"的排比，更是将成双成对带来的震惊氛围渲染到顶点。

就像是两对孪生子，或者说他们每一对就像是同一只豆荚里的两粒豌豆，你几乎没法把他们区分开来。抓住尼尔勒的那一对更是像得邪乎，他们左眼上全有一块乌青，仿佛就是一拳打出来的！

这两对士兵见了奇迹王子和尼尔勒，又吃惊又恐惧。他们全穿着明黄色的制服，制服上钉着绿色的扣子。抓住奇迹王子坐骑的一对士兵左边的袖口全磨损到同样的程度，裤子的臀部处都补着一块形状相同的补丁。

"喂，你们怎么敢拦住客人？"奇迹王子厉声质问道。

这一对士兵一齐转过头去，望着抓住尼尔勒坐骑的那一对，那一对又转过头去，望着从城墙下的两扇门里走出来的一对队长。

"这样的事我们这儿可从来没听说过！"这对队长说，他们那两双惶恐不安的眼睛不住地打量着这两位来客。"我们必须带你们去见执政官齐和齐齐。"

"为什么？"奇迹王子问。

"因为，"这一对队长齐声说，"他们是国王海尔·齐手下的行政官，任何超乎寻常的事情都要向他们禀报。你要知道，这是特崴国的法律所规定的。"

"好吧，"奇迹王子镇定地说，"任凭你们带我们到哪儿去都行，可如果你们想要谋害我们，那可是打错了算盘。"

"执政官齐和齐齐会作出判决的。"这一对队长郑重地回答说。他们的说话声同起同落，相互之间配合

形象的比喻更直观地让读者感受到两人的相似程度。

特崴国人对见到主仆二人的震惊不亚于主仆二人对见到他们的震惊。

充分表现出队长的震惊程度之大。

默契，那声音仿佛是从一张嘴里发出来的！

默契(qì)：双方的意思没有明白说出而彼此有一致的了解。

两对士兵牵着马走在前头，两名队长手持宝剑跟在后头，押解着奇迹王子和尼尔勒穿过这个国家所特有的两条并行的街道，道旁挤满了看热闹的男人和女人，一对对的。他们来到一对宫殿前，一对高高的尖顶耸立在宫殿上方。奇迹王子和尼尔勒在宫殿前下了马，由士兵和队长押解着分别从两道大门进入；进门之后，又从两道门厅进入到一间大殿里。

进入大殿，他们才发现：这间大殿是由两个并排连在一起的圆形拱顶组合而成的。大殿的拱顶镶嵌着精美的彩色玻璃，墙壁上装饰着各种绘画——这些绘画也都是每两幅内容完全一致。

对齐的容貌描写突出了其主要特征，如：警觉的目光、鹰钩鼻、尖耳朵等，让人印象深刻。

在其中一个圆形拱顶下，立着一个连体的双人宝座，宝座上坐着特崴国的执政官齐——这一对老人蓄着花白胡子秃了顶。他们的身材又高又细，都弯腰驼背。他们长着黑色的小眼睛，眼睛里不时闪动着警觉的目光。他们的鼻子长得很长，鼻尖是鹰钩形的。他们的耳朵也长得不小，都是尖尖的。他们每人嘴上叼着一只模样相同的烟斗，连烟斗上冒出的青烟都卷着一模一样的烟圈！

在大殿的另一个拱顶下，坐着这个国家的另一对执政官齐齐，他们也是坐在一对连体的宝座上。这是两个生着一头金发的相貌姣美的年轻人，前额上留着齐眉的刘海。他们面色白里透红，一对蓝色大眼睛里闪动着温

柔的光芒。他们正抚弄着一只很像曼德琳的乐器，他们
不时弹错一两个音符，显然是在学习一支新曲目，并且
两个人总是同时弹错，弹错之后脸上又同时显露出一模
一样的不满意神态。

　　这一对队长和两对士兵押解着奇迹王子和尼尔勒，
走到近前，朝宝座上的执政官鞠了一躬。那一对年老的
执政官齐首先开口了，他们同时惊叫道：

　　"伟大的基卡－库！你们带来的是什么人哪？"

　　"我们抓住了两个怪人，殿下。"队长回答说，"我
们在都城的大门口抓住了两个惊世骇俗的怪人。正如殿
下所看到的，他们两个全是单个的，或者说不过是一对
人的一半！"

　　"的确如此！"这一对执政官不约而同地惊叹一声，
同时用右手在右侧的大腿上一拍，"真是闻所未闻，见
所未见！"

　　"这有什么好奇怪的。"奇迹王子冷冷地回答道，
"倒是你们自己——你们不是一个个单个的人，却都是
一双一对的——这才让人感到奇怪、匪夷所思呢。"

　　"也许，也许！"两位老人若有所思地说，"可是，只
有那些我们看不惯的东西，才会叫我们感到奇怪呢。嗯，
是这样吧，齐齐？"他们把脸转向另一个拱顶下的宝座。

　　然而，齐齐继续优雅地弹奏着那支新曲子，并没搭
腔，只是心不在焉地朝这边点点头。这一对老人又把脸

曼德琳：弦乐
器，有四对金
属弦，也译作
曼陀林、曼陀
铃。

这种自然的生
理反应更突显
了他们的震惊。

转了回来，继续问：

"你们是怎么来到这儿的？"

"我们在那道带刺的树篱上砍出个窟窿，然后，我们就来到了这里。"

"啊，竟然是从树篱上的窟窿钻进来的，伟大的基卡一库！这么说，我们国土边缘上的这道树篱外头另有天地啦？"

"噢，当然有啦！"奇迹王子听到他们这样说，不禁哈哈大笑起来，"整个世界都在你们这道树篱外头呢！"

老人的脸上显出困惑不解的神情，<u>他们那两对敏锐的小眼睛，不时地在这两个客人的身上来回瞟着。</u>

对神态的细致描写充分表现了其困惑之情。

"我们从前还一直以为，在我们特崴国的这道树篱外头啥也没有呢。"他们又说，"可是，你们俩就是从这道树篱外头来的，这就证明我们从前的看法不对。嗯，是这样吧，齐齐？"

那一对年轻的执政官仍在忙着弹琴，依旧没搭腔，只朝这边点点头。

"你们俩既然来到了我们的国土上，"这对老人同时用左手紧张地捋了捋下巴颏上花白的胡子，继续说，"可你们确实不属于我们这个国家。既然如此，你们就必须还从那个窟窿钻出去，回到树篱外头的世界去。嗯，是这样吧，齐齐？"

颏(kē)：脸的最下部分，在嘴的下面。

那一对年轻人仍继续弹奏着他们的乐曲，可这次他们开口了，这是奇迹王子和尼尔勒第一次听见他们说话。

"这两个人必须立刻处死！"齐齐说，他们说话的声音是那么温柔悦耳。

齐齐的无情与声音的悦耳形成强大反差。

"处死！"这对老人不约而同地惊叫起来，"处死？为什么？"

"如果放走他们，他们回去之后，在好奇心的驱使下，就会对其他人说起我们的特崴国，同属于他们一类的那些人就会纷纷从那个窟窿钻进来，打扰我们，而我们正忙着呢，决不允许外人来打扰的！"

这一对年轻人说完，就忙着去练习他们的乐曲，好像已经了结了这段公案，完事大吉了。

公案(àn)：指疑难案件，泛指有纠纷的或离奇的事情。

"胡说！"老人愤怒地反驳说，"你们如今变得越来越血腥，我们温柔而可爱的齐齐！我们是这个国家的执政官齐——我们说了：不能处死这两个囚犯！"

"我们说了：一定要处死这两个囚犯！"年轻的一对齐齐同时肯定地点点头，反驳道，"我们是执政官齐齐，你们是执政官齐，权力在你们之上！"

"可在这件事情上，你们手上的权力一点儿也不比我们的权力大！"一对老人义正词严地声明，"在涉及囚犯性命的案件里，我们的权力是一样的！"

"这么说，你们是不同意啦？"年轻的一对问，他们的语调还是那么甜美悦耳。

"噢，伟大的基卡－库！如果你们不同意的话，那就只好请国王海尔·齐替我们裁决了。"老人愤愤地说。

"的确这样。"年轻的一对不急不恼，然而语气十分坚定，"这两个一定得处死！"

"这么说，我们的意见无论如何也没法一致了。好吧，那就让圣明的国王海尔·齐来裁决吧。"说完这话，他们开始弹奏起另一支乐曲。

"决不能处死他们！"年老的执政官咆哮起来，黑眼睛里喷射着愤怒的火花。

这对年老的执政官从宝座上立起身，往右走两步，然后又往左走三步，坐回到宝座上。

这段动作将齐的愤怒表现得更加形象。

"好！"他们开始向队长下达命令，而这一对队长正紧张地听着两对执政官唇枪舌剑的争吵，"把他们带去牢里，等明天一早，我们就跟齐齐一道，带他们去面见圣上海尔·齐。"

得了吩咐，这一对队长分别朝宝座上的执政官齐和齐齐鞠了一躬，引着奇迹王子和尼尔勒出了大殿。他们和两对士兵把两名囚犯押解回驻地。回到城门口，这一对队长抓耳挠腮有些犯难，他们以前关押的都是成双成对的囚犯，对这两个特殊的人物，他们真不知道该怎么办。

这一对队长的犯难让人感到非常好笑。

"我们的囚室全是成双成对的，而你们两个不过是半拉子人，"队长为难地说，"我们不知道该如何把你们分别关在两个连体的囚室里。"

"噢，那就把我们两个关在一间囚室里好啦。"奇迹王子道，"我们宁愿被关在一起。"

"好吧，"队长叹了一口气说，"既然要打破常规，那就照你们的意思办吧。"

奇迹王子和尼尔勒就这样被关进了一间宽敞而舒适的大囚室——这原本是两间连体囚室中的一间。两对士兵照往常的习惯给两间囚室的门都上了锁，终于，这两名"囚犯"的耳根清静了下来。

即使只有一间牢房关了人，可他们还是按"习惯"给两间牢房都锁上，可见习惯力量的强大，也说明了他们对"成双成对"的习惯态度。

▎情境赏析▎

本文讲述了奇迹王子和尼尔勒在特葳国的奇怪见闻。文章用细腻的文字将这个国家从城市、街道、房子甚至一草一木等极细微的细节都成双成对的特征生动地描绘在读者面前。同时，用特葳国成双成对的各种人物对奇迹王子和尼尔勒这种"半拉人"的震惊来不断推进故事情节的发展，由此他们见到了执政官齐和齐齐。思考问题与处理问题方式截然不同的齐与齐齐在杀与不杀奇迹王子和尼尔勒的问题上产生了分歧。在他们的争论中，齐的宽厚与齐齐的冷漠、自私形成了鲜明的对比，通过生动的外貌、语言、动作描写，成功刻画了风格迥异的两组人物形象，并由他们的冲突将情节顺理成章地过渡到了下文，为下文做好了铺垫。

▎名家点评▎

鲍姆的故事让一代又一代的读者着迷，直到今天，这些神奇的故事仍然魅力四射。所有读过这些故事的人都会获得自己原来所没有的品质——想象力丰富了，对人宽容了，对色彩的生活敏感敢。

——（美）海明威

第十三章

执政官齐和齐齐相持不下，奇迹王子和尼尔勒的生死只好交到特崴国王海尔·齐的手上了。可是……

"告诉我，王子，我们现在是醒着还是在梦里？"士兵刚一离开，尼尔勒就迫不及待地问。

"毫无疑问，咱们现在是醒着。"奇迹王子边笑着边回答道，"不过，这真是个奇怪的国家，这儿的人真是太有趣了！"

"在这儿你简直找不着奇数或单数的东西！"尼尔勒说，"这里的每样东西都是双数的，每一种形状总有它的配对。我如今都叫这儿的人和物弄得晕头转向了。我得时时给自己提个醒儿，才能肯定的确我只有一个！"

"你眼下不过是半拉人，"奇迹王子不禁哈哈大笑，"至少，在特崴国的领土上是如此。"

"我倒宁愿以双倍的速度离开这鬼地方！"尼尔勒说，"要不是那两个坏家伙齐，恐怕我们现在已经在树篱的另一侧了。这两个坏家伙打定主意要处死我们。"

"说来也怪，"奇迹王子若有所思地说，"两位年老的执政官模样看上去凶巴巴的，倒是我们的朋友；两位年轻的执政官模样俊俏不说，说起话来也是那么和蔼可亲，却是我们的敌人。看来，仅仅从相貌上去判断一个人的心地好坏，是多么靠不住！"

尼尔勒正要开口，哐啷一声两个牢门同时打开了，两对士兵进了牢房。第一对士兵在奇迹王子面前摆下两张小饭桌，又在尼尔勒面前摆下两张小饭桌。另一对士兵铺上桌布，摆上肉食、面包和水果。饭菜上齐了，奇迹王子和尼尔勒看到，这一餐饭足够四个人吃的，而不像是两个人的饭食！那两对士兵似乎也发现了这一点，他们瞧瞧桌上的饭菜，又瞧瞧这两个"囚犯"，怎么也闹不懂问题出在哪儿。这两对士兵无可奈何地摇了摇头，出了囚室，把牢房的门锁上了。

"虽说只是半拉人，可有一样好处，"尼尔勒乐呵呵地说，"至少不会被饿死——我们每个人都可以吃到双份饭菜。"

"我猜想，你倒更愿意挨饿。"

"不，不！"尼尔勒连忙摆摆手说，"肯定还有更美妙、更可心的痛苦在等着我呢！"

主仆二人正谈着天，队长进了牢房，在一对椅子上落座。这两名队长显得十分友好，他们看了主仆二人好一会儿，才开口道：

"很高兴看到你们吃得这么开心，明天可能就要处死你们了。"

"这说不定。"奇迹王子边回答，边从大浅盘里的一只飞禽身上切下一块肉塞进嘴里——这个动作让两位队长不禁吃了一惊，因为他们习惯上总是看到这两只飞禽同时被切割。"你们那两位花白胡子的执政官齐不是说我们不该被处死吗？"

"是的。"队长回答，"可齐齐已经宣判说，你们应该被处死。"

"他们在这个案件上的权力似乎是相等的。"尼尔勒道，"再说，我们明天还去见国王海尔·齐。"

"正因为如此，对你们来说才凶多吉少哇。"队长回答说，他们说话时用同一个腔调，连重音的位置都不差分毫，"众所周知，执政官齐齐对国王海尔·齐的影响超过了年老的执政官齐。"

"打住！"尼尔勒喊道，"你们又把我绕糊涂了，我哪儿分得清所有这些齐和齐齐呢？"

"你们的圣上海尔·齐长得怎么样？"奇迹王子问。显然，他对这两位队长的话更感兴趣。这一对队长似乎没法回答他的问题，他们缓慢地摇摇头，说：

"特崴国的民众从没见过我们的国王海尔·齐，只有特别重要的国家大事，才准许打扰国王，也只有执政官齐和齐齐才有权接近我们的国王。这两对执政官平时根据国王的旨意处理政事。可一旦他们有了分歧，就把问题呈交给国王处理。国王海尔·齐居住的宫殿由一道高大的围墙围着，围墙上没有门，只有执政官才有权进入围墙，也只有他们才见到我们的国王。"

"真是太奇怪了！"奇迹王子情不自禁地说，"不过，似乎明天我们就能见到你们的国王了。不管他的长相如何，我希望在见过你们的国王以后，还能活着出来。"

"没用。"队长摇摇头说，"谁都知道国王海尔·齐判案时，更倾向于执政官齐齐，而不会采纳执政官齐的建议。"

"这当然更令人鼓舞！"尼尔勒美滋滋地说。

队长起身告辞之后，尼尔勒就满怀信心地跟主人道：

"听他们这么一说，我猜想特崴国的国王海尔·齐够残暴，而且，他们似乎也是一对，也就是加倍的残暴、加倍的凶恶！这一对国王在处死我之前，兴许要好好整治我一番呢，要是能这样的话，也不枉来世上一趟。"

这天夜里，主仆二人舒舒服服睡了一觉。早上，看守牢房的士兵又给他们送来了双份的饭菜，吃过饭之后，就由那一对队长押解着，前往执政官齐和齐齐的那座连体宫殿。

这两对执政官跟"囚犯"碰面之后，就率领着士兵组成的长长的队列，前往国王海尔·齐的宫殿。队列的前导是乐队，乐队里有许多奇奇怪怪的乐器，全由一对对的乐手演奏着。尤其让尼尔勒感到有趣的是，那些成双成对的鼓手打出的鼓点居然分毫不差，而那些成双成对的吹喇叭的居然也都是一个调门！

乐队之后就是两对执政官，他们站成横排并肩往前走。

奇迹王子和尼尔勒由一对队长押解着走在两对执政官后头，由一队成双成对的士兵殿后。

街道两旁挤满了特崴国都城里成双成对的百姓，这些成双成对的百姓又全带着一双一对的孩子，他们谁也不想错过眼前这场难得一见的游行。此外，还有许多一双一对的狗也赶来凑热闹，它们紧紧跟在这些士兵们的身后不住声地狂吠，就连这些狗的叫声居然也像二重唱似的！

这一行人来到了国王海尔·齐宫殿外那道高高的围墙下，这道围墙没有一座可以进出的门。可当这两对执政官用哨子吹出一个尖厉的信号，他们瞧见从围墙顶上放下了两副银梯。这两副银梯渐渐落向地面，最后伸到了那一对年老的执政官脚下。

那对年老的执政官首先小心而缓慢地登上银梯，那一对队长就指示这两名"囚犯"开始登梯。奇迹王子跟在一位执政官的身后登上银梯，尼尔勒跟在另一位执政官的身后。两位年轻的执政官又紧紧跟在这两名"囚犯"的身后，这样，他们再也无路可逃了。

等他们登上围墙之后，由一对穿黄绿两色衣服（这大约是王宫使用的颜色）的仆人把银梯收上来，并排放到围墙的另一侧，让他们顺着银梯下到宫里。

奇迹王子和尼尔勒进到王宫之后发现，他们俨然来到了一座美丽异常的花园里，这里到处都是一双一对的奇花异草，还有许多同样是成双成对的珍贵灌木丛。路旁，立着一对对精美的小雕像，连那些喷向空中的喷泉也没有一处不是成双成对的，这些喷泉喷出的水花高度也完全一致。花园中央，矗立着一座用白色大理石砌成的气势宏伟的连体宫殿。

两对执政官把他们领到这座高大的宫殿前，在一对金色的巨大拱门外由几对仆人迎进宫去。奇迹王子和尼尔勒发现，这些仆人全是聋哑人，可能是为了防止有谁逃出王宫，不至于把宫中秘密泄露给外人。

眼下，这一对"囚犯"被仆人们领着七弯八绕地穿过几座大厅，终于来到通往国王海尔·齐觐见室的一对金色大门外。这一行人在门外止步，那对年轻的执政官转身对奇迹王子和尼尔勒说：

"除去我们这两对执政官和宫里的仆人，你们是迄今为止唯一准许觐见圣上的人。如果你们被判处死刑，那就不用说了，可万一你们能活着离开这里，绝对不能把你们在宫里见到的一切向外透漏一个字，否则，你们肯定会给自己招来杀身之祸！"

对于这对执政官的话，奇迹王子和尼尔勒谁都没有搭腔。他们又用两对碧眼温柔地望了望"囚犯"，点点头，负责押解"囚犯"的两对执政官拍拍手，大门就打开了。

两对执政官一齐低下头去，毕恭毕敬地走进大殿，觐见室内一片肃穆、寂静，奇迹王子和尼尔勒紧随其后。

觐见室中央摆放着一对精美的纯金宝座，宝座上方张着一对黄色的天鹅绒华盖，华盖上的花边则是绿色的锦缎。令人意想不到的是，宝座上坐着的竟是一对绝代佳人——天上少有、地上无双的！这一对国王长了一头可爱的金发，像蛛丝一样柔滑！眼睛温柔、充满笑意，美丽的双唇鲜洁得就像带着露珠的玫瑰花瓣！她们每人头上戴着一顶华美的王冠，是用金线织成的！王冠上缀满了璀璨夺目的宝石。她们身上的长袍是用浅黄色的丝绸制成的，上面也装饰着许多贵重宝石。

奇迹王子和尼尔勒连做梦都无法想象，特崴国的这一对国王长得如此美丽绝伦，又是如此相像！他们愣愣地站在那儿，心中充满了对这一对少女国王的由衷赞叹！与此同时，那两对执政官正忙不迭地向他们美丽可爱的国王行礼。

要让尼尔勒长时间保持安静，可不是一件容易的事。他顾不上什么礼仪，就亮开嗓门，在特崴国的王宫里信口开河道：

"噢，凭着我们的朋友执政官齐以及伟大的基卡—库起誓，这一对女王海尔·齐真是太可爱啦！"

第十四章

只有奇迹王子知道原因——他的魔法让两位女王首次产生了分歧。

在特崴国的女王面前，尼尔勒如此大胆地口出狂言，不仅没让两位女王着恼，相反，她们却同时欣喜地笑了起来。那清脆的笑声就像唱歌一样婉转动听。立在一旁的那对年轻的执政官不禁对他的胆大妄为感到愤怒，好看的脸蛋上立刻就不像先前那么温柔可爱了，那一对年老的执政官感到的则是更多的惊讶。

"两位客人是什么人？"特崴国的这对女王异口同声地问，"为什么他们没有自己的伴侣，每个人都只有一半？"

"尊贵的陛下，"那一对生着美丽金发的执政官齐齐说，"我们对这个问题也没法回答。"

"也许这两位客人自己能回答。"两位美丽的少女先看看齐齐，然后把目光投向了两个"囚犯"。

奇迹王子鞠了一躬，礼貌地回答了两位少女的询问：

"我们是从外面的世界来到特崴国的。我叫'奇迹王子'。在踏上贵国领土之前，我还从没看见过像这里一样成双成对居住、生活在一起的人，他们连行为、说话甚至思考的方式也都一模一样，毫无差异！外面的世界比陛下统治的特崴国大得多，那里的每个人全按照自己的意愿和想法去说话、行事。您说我只是个半拉人，事实并非如此。我本身就是一个完整的人，用不着另一个人来跟我配对，我的朋友尼尔勒也是一样。问题是你们这里的每一个人单拆开来全是半拉人。没有了另一半，每一个人都不是完整的人，在你们特崴国的领土上，只有找到了自己的另一半，你们才算凑成一个人或一种思想！"

听了这些话，这一对女王秀丽的脸蛋上显出若有所思的神情，过了一会儿才开口说道：

"的确，也许你说的是对的，样样东西都是成双成对的，没有了另一半，我们就不知道该怎么办。在我们特崴国，这已经成了我们的习惯。"说到这儿，她们把脸转向年老的执政官，问道："你们为什么要把这两个客人带到宫里来呢？"

"为的是请求陛下恩准他们再回到他们那个世界去。"这对执政官诚恳地回答说，他们全对女王海尔·齐无比崇敬。

这时，两位年轻的执政官立刻搭腔了，他们的声调还是那么甜美和温柔：

"尊贵的陛下，这不代表我们的意见。我们两个——特崴国的执政官齐齐一致认为，必须将这两个客人处死。我们请求尊贵的陛下照我们的意见处置。"

两个年轻的女王看看这一对执政官齐，又看看那一对执政官齐齐，不由得撅起好看的小嘴，连眉毛也皱起来了。很显然，她们感到左右为难。

尼尔勒悄悄地对奇迹王子说：

"看来这回我们两个就要完蛋啦！现在我明白了：为什么这一对女王海尔·齐判案总是向着齐齐了。您还没瞧出来吗？这一对既年轻又漂亮，那一对呢，年老不说，长得也难看。您瞧着吧，这两位女王准保会判处我们死刑的——肯定是这个结果！"

尼尔勒说的的确是真心话。奇迹王子还记着一些从前的魔法，他开始悄悄给靠近他的那个女王念起了咒语。当他刚刚念完咒语，正要向另一位施展他的魔法时，那两位年轻的执政官早已等得不耐烦了，他们又一齐大声请求说：

"我们请求陛下别再让我们这么等下去了，我们希望能立刻得到陛下的恩准！"

两位女王抬起头，向执政官齐和齐齐发出圣旨。她们的回答不禁让这两对执政官全都惊讶得倒吸了一口冷气。这两位女王一个说：

"判处他们死刑！"

另一个却说：

"不能判处他们死刑！"

大殿上如陡地响起一声霹雳一般，恐怕没有什么会比这更让两对执政官感到震惊的了，在这之前，还从没有哪一对特崴国的人竟会产生不同的思维，或说出不同的话来。两位女王也跟她们手下的执政官一样吃惊不小，她们不由得转身朝对方看看——这是她们有生以来第一次看对方的脸！

特崴国的女王如今再也不是"二位一体"，而是分裂成为了两个！眼下，这两位女王的思想和行动全各不相同！

他们全张大了嘴，眼睛瞪得溜圆，就像在唱着一首四重唱！这两对执政官呆呆地立在那儿，惊讶得半晌说不出话来。

这一对女王相互对视，她们的脸不由得涨红了。

"你怎么竟敢反驳我！"其中的一位说。

"你怎么敢反驳我！"另一位也毫不退让地说。这话不仅是一前一后说出来的，而且说话的语调和重音也出现了差异。看来，这两位女王的思维每时每刻都在发生背离。

"这两个客人必须处死！"一位气急败坏地说。

"决不能处死他们！"另一位说，"我的意志是至高无上的！"

"我是特崴国的女王海尔·齐！"一位说。

"你不是！我才是特崴国的女王海尔·齐！"另一位反驳道。

"不对！我的话才是圣旨！"这一位也毫不示弱。

两位年老的执政官看看这位，又看看那位，他们那一对光秃秃的脑袋忙不迭地来回转动着，茫然不知所措。那一对年轻执政官则愣愣地站在那儿，惊讶得一句话都说不出来。尼尔勒爆发出一阵狂笑，为了不至于笑岔了气，赶忙用手捂着自己的双肋。奇迹王子静静地站在那儿，边开心地微笑着，边注视着两位反目成仇的女王——只有他自己明白：到底是什么缘故才导致了她们的分裂。

局面发生了如此翻天覆地的变化，两位女王似乎有些不知所措——她们还从未面对过这种尴尬的处境呢。过了好大一会儿，其中的一位才说：

"看来，我们只好把我们之间的分歧交由两对执政官去解决了。"

"好吧，也只好如此了。"另一位也赞成这个办法。

"我们认为，陛下的这一半说得对。"年轻的执政官用右手的食指指着那位判"囚犯"死刑的女王说。

"我们认为，陛下的这一半才是对的。"年老的执政官伸出两根颤抖的食指指着那位判客人无罪的女王说。

"执政官齐和齐齐的权力是相等的。"第一位女王道，"既然如此，我们的问题还是一点儿都没有解决。"

"尊敬的女王，"奇迹王子礼貌地说，"我希望你们多花些时间好好考虑这个问题，看看能不能达成一致的，反正我们两个也不着急。"

"那好吧，就这么办。"两位女王点了点头，她们两个终于一同说，"我们命令你们所有的人全住在宫里，直至我们之间的这个奇怪争论见出分晓。宫里的仆人会照顾你们的住宿。一旦作出决定，我们就会派人去宣召你们进来。"

听两位女王这么说，一行人朝上鞠了一躬，就从觐见室里退了出来。尼尔勒回头望望，见到两位女王已转身相向，愤怒地瞪着对方。接下来的一个星期，奇迹王子和尼尔勒被关在特崴国的王宫里。他们跟那两位年老的执政官住在连体宫殿中的一边，另一边住着那一对年轻的执政官。

这段时间里，那两位美丽的女王海尔·齐一直没有露面。奇迹王子和尼尔勒不知道她们两个住在哪儿，除了他们的住处之外，他们就只能到屋外的花园里散散步。他们无路可逃，因为他们进宫时翻越高墙的那两副银梯已不见了。即使从他们宫殿里逃出去，也没法越过王宫外那道高墙。

他们在花园里散步时，透过宫殿的连体窗户，偶尔能看见那一对年轻的执政官齐齐，他们正从连体宫殿的另一端望着这两个"囚犯"，目光还是那么温柔和善，奇迹王子和尼尔勒清楚地知道：这两个年轻人多么急切地盼望着将他们送进坟墓！

"难道您对两位女王即将到来的判决不担忧吗？"尼尔勒问。

"不，一点儿也不担心。"奇迹王子微笑着回答道，"因为我看不出她们会判处我们死刑。"

"如果我对自己的安全那么有把握，那就太没意思啦。这会把我的好兴致全破坏掉！"尼尔勒可不那么看，"这些天我过得多么高兴，我每时每刻都在期待着：刽子手提着斧子出现在我的面前。"

"如果真的有刽子手出现，也会是一对。"两位年老的执政官温和地纠正说，"您该说：您正期待着一对刽子手提着两把斧子出现在你面前。"

"既然如此，他们会怎么砍呢？他们有两把斧子，而我只有一个脑袋呀！"

"噢，等等，让我们好好想想。"这一对年老的执政官也不知道该怎么解决这个难题。

"等是要等的，可要是眼睁睁地被他们砍下脑袋，我可不干！"小伙子回答说，"我拒绝，我更愿意闭着眼被砍头。"

他们有时坐在屋里闲聊，有时在花园里散步，边打哈欠，边等待女王的圣旨。一天，就在墙上的那对挂钟一齐敲响二十四点的当儿，仆人们打开了宫殿这半边的门，令他们大感意外的是，仅有一位女王朝他们走来。

女王在宝座上坐下，她仍像从前那样秀丽和文雅，然而，他们谁也弄不清她到底是那一对女王中的哪一位——是他们的朋友，还是他们的敌人。这时，女王终于开口了：

"我的另一半跟我彻底决裂了，因为我们两个一直不能取得一致意见。我们两个已经正式宣战，她到这座连体宫殿的另一端，去寻求齐齐的帮助。从今天起，她是绿党，我是黄党。我们两个要战斗到底，直至一方战胜另一方，一方打倒另一方。"对奇迹王子和尼尔勒来说，这个消息的确振奋人心，可是，那一对年老的执政官听了，惊得半晌说不出话。

"这么一来，我们的特崴国怎么办？这跟我们特崴国的法律不相合。陛下很清楚：半个国王是没法统治这个国家的。"

"如果我取得了这场战斗的胜利，我就将制订一套独立法律。"女王灿然一笑，"用不着犯愁。我需要知道的是：你们两位德高望重的执政官，还有你们两位客人，愿意协助我打赢这场战争吗？"

"当然愿意啦！"奇迹王子和尼尔勒异口同声地说，好像他们两个也变成了特崴国的居民了！那对年老的执政官打了两个喷嚏，用手在光秃秃的脑壳上搔了好一会儿，又掏出已经褪色的黄手绢，抹了抹眼睛，表示说："我们愿意追随陛下，赴汤蹈火在所不辞。"

"既然如此，你们两个就马上出宫，到城里去召集所有的士兵，号召他们为了我们黄党，为了我们的事业而奋勇战斗。"年轻的女王命令说。

两位年老的执政官接了圣旨，不敢耽搁，立刻跑出了大殿。女王开始向奇迹王子和尼尔勒询问外面世界。这位身材娇小、相貌出众的少女是那么光彩照人——她身上那件黄袍与她红润的两颊、蓝莹莹的双眼和像瀑布一般垂下来的金色长发形成了鲜明的对比。奇迹王子毫无顾忌，畅所欲言，女王还把她头上的那顶漂亮的金冠摘下来，让奇迹王子试试。尼尔勒还不习惯跟这么漂亮的少女打交道，窘得满脸通红。

一会儿工夫，那一对执政官就垂头丧气地回到大殿。

"陛下，"他们向女王禀报说，"我们给您带回来一个坏的消息：另一位女王比您行动迅速。她和那两位执政官齐齐已把银梯弄到手，不让任何人使用。他们已派人去召集军队，率领士兵们前来攻打我们黄党。我们眼下没法离开王宫。敌人的军队很快就会过来，把我们消灭掉。"

听到这个消息，女王表现出一位国王应有的勇气，她大笑着说：

"这么说，我们必须留在这座大殿里，战斗到最后一刻啦。"她转身对两位客人说，"你们两个如今已经是我的朋友了，我没法挽救你们的生命，眼下我自己都不能保卫自己了。"

女王的话令奇迹王子感到欣慰。他吻了吻女王的手，敬佩地说：

"不用担心，陛下。我跟我的朋友并不像您想象的那么没用。这是我们的荣耀——能有机会站出来保卫您，就是另一位女王跟她的军队都加在一块儿，我们也完全有能力保卫您的安全。"

在这一天剩余下来的时间里，他们几个人静静地待在大殿里，没受到任何人打扰。晚上，两位年近古稀的执政官豪兴大发，联袂为客人演出了双人曳步舞，大家看得几乎笑弯了腰：整个表演过程中，这一对执政官的两张布满皱纹的脸上始终神情严肃，仍身手敏捷，他们这一个的动作跟另一个一模一样，简直就像是一个模子里刻出来的。尼尔勒也即兴为主人吟唱了两篇英雄史诗，一篇歌唱王子收服贼王乌尔塔基姆的事迹，另一篇歌唱唐纳国的红毛阿飞的故事。那位美丽的少女向客人一展歌喉，此外还为他们表演了其他节目。他们一起度过了愉快的夜晚，不去思考明天即将到来的决战。

就寝时，奇迹王子没去休息，他在房间里悄悄地念起了咒语，把诺克斯王子、里尔斯国王和戈布林总督全招了来，这三位是他先前最要好的朋友。他把事情的前后经过讲给这三位好友听，请他们鼎力相助。他告诉他们该如何行动，他们悄悄出了大殿。奇迹王子把事情安排妥当后，这才安然入睡。

次日一早，那两位年轻的执政官就率领特崴国所有的军队前来攻打王宫。军人已经倒向绿党一边，他们纷纷沿着银梯攀上王宫外的高墙，向黄党海尔·齐所在的宫殿挺进。

令他们大吃一惊的是，在原来那座连体宫殿之间出现了一堵高墙，把宫殿的两部分完全隔离开来。这堵墙的高度很高，使他们手上的梯子全成了废物。其中的秘密只有仙人出身的奇迹王子和他的三位好友才知道。这个奇迹令前来攻打王宫的绿党一个个目瞪口呆。

这天早上，黄党首领海尔·齐一觉醒来，跟她的朋友们一道下楼吃饭，发现了这道高墙。两位年老的执政官知道自己逃过了这场劫难，竟高兴得一下子跳起了快步舞。

特崴国的军队在墙外喊声震天，他们正想方设法捉拿这几位黄党要犯，我们一点儿都用不着为这几位朋友的安全担心，他们完全可以笑对墙外的怒吼！

第十五章

奇迹王子请来了自己的老朋友帮忙筑起了一道高墙，只是坚守了许多天后还是被攻破防线了。

遭受绿党接连几天的围攻之后，奇迹王子对他们这一伙黄党成员的安全就不那么自信了。那两位年轻的执政官齐齐简直就像发疯的野兽，他们叫工匠制造了一对巨大的攻城槌，命令士兵们用这对攻城槌轮番猛撞那堵高墙。又让工匠造出一架架云梯，驱赶着士兵顺着云梯往上爬。此外，他们还让士兵挖出两条隧道，企图从墙底下钻进来。

他们也不是轻而易举就能成功的。这堵高墙建造得极其坚固，得花上不少工夫把它撞倒。每天尼尔勒在高墙上巡视，及时把绿党竖起的云梯踢倒。那两位头顶光秃、胡须斑白的执政官手持一块大木板，尽心尽力地守候在花园里被敌人挖穿的隧道旁，瞧见有人从隧道里钻出来，他们就拿木板使劲儿拍他的脑袋。

奇迹王子领教了绿党这股不达目的誓不罢休的顽强劲头。他们迟早会成为绿党的俘虏，除非采取积极的措施。他招来快腿的声音使者，请他们去给贼王乌尔塔基姆和特里巴斯国王送个信——他们全向奇迹王子保证过，一旦有用得着他们的时候，甘愿效犬马之劳。

身材娇小的女王海尔·齐镇定自若，无所畏惧，她一直坚持不懈地鼓舞着黄党——这个寥寥无几的守卫者的团队。情况万分危急，他们没有气馁，也没有慌张，都奋力抵抗着绿党的猖狂进攻。尼尔勒向女王透露过，他实际上正盼望着那对年轻的执政官率领特崴国的军队最终打破高墙，因为这样，他能痛痛快快地"享受"一番苦难！

终于有一天，绿党的攻城槌在墙上撞出两个大洞，一双一对的士兵从那两个窟窿钻进来，开始撞击宫殿的大门。奇迹王子和尼尔勒以及两位年老的执政官和穿黄袍的女王，全撤退到宫殿里去了，他们把宫殿的大门锁得牢牢的。

奇迹王子知道，如今已经到了紧要关头，急需他的朋友们前来解救危难。然而，那两路救兵还没赶到。不久，宫殿的大门就被攻破了，士兵们像潮水一般涌进大殿。

尼尔勒奋力抵抗，撂倒几个冲在前头的士兵，最后被奇迹王子拦住了。"他们正在尽自己的职责。"奇迹王子道，"我们用刀剑去屠杀这些无辜的士兵，这太残忍了。耐心等待吧，朋友，我们终将获得最后的胜利。"

两位年轻的执政官齐齐陪同穿绿袍的女王走进大殿，下令把这些俘虏全捆起来。一对士兵拿绳子去捆那一对年老的执政官，另一对士兵去捆奇迹王子和尼尔勒。可当他们去捆穿着黄袍的女王时，那情景才叫好笑呢。这一对士兵走到女王面前，一个去捆这位"单身的"女王，另一个就对着空气一丝不苟地做着同样的动作。这一位把女王捆得牢牢的，而那一位自然啥也没捆着。要让他们一个人去执行这项任务，这在特崴国是没法想象的，他们只得这么干。

等俘虏全捆好之后，绿袍女王走到穿黄袍的女王面前，洋洋得意地说：

"你现在明白我们两个到底谁更有资格统治特崴国了。如果当初你跟我一样，继续保持对执政官齐齐的信任，也不至于落到如今身败名裂。"

"打一场败仗，没什么可丢人的！"面对强敌，这位黄袍女王勇敢地回答说，"如果你以为，你征服了我，那就错了，如果你想凌辱一个成为你俘虏的人，那更是大错特错了。"

绿党首领海尔·齐看到昔日的姊妹意志如此坚强，真是又恼怒又惭愧。她无可奈何地摇摇头，转身离开了。

绿党押着俘虏走出大殿，从高墙上的两个窟窿钻到花园里，顺着银梯离开王宫，来到都城中央大广场上。因为特崴国居民以前从没见过国王，甚至不知道国王竟是一对年轻的女孩，特崴国所有的居民都跑来看热闹。另外，这两位女王发生争吵并最终导致分裂的消息，也激发了人们强烈的好奇心。

"传刀斧手！"两位年轻的执政官兴奋地喊道。随即，两名手持巨斧的刽子手出现在几位俘虏面前。

两名刽子手的确称得上是彪形大汉，让人忍俊不禁的是，他们每人的左颊上都有一块刀疤，每人的一只眼睛都有些斜视。奇迹王子和尼尔勒首先被推上来开刀问斩。两名刽子手在袖口上蹭了蹭斧子，说："请你们帮帮忙：千万别躲，你们一躲，这斧子就砍不准地方了。在我们特崴国，谁都乐意由我们两个来行刑，我们的技术没得说。甭害怕，因为我们一斧子下去，立刻就完事了。"

"我完全相信，这活儿你们肯定能干得好。"尼尔勒强作镇静，尽管他的上下牙不住地打战。

就在千钧一发之际，远处传来一阵呐喊声，特崴国的民众全回过头去，一群凶猛的巨人、小矮人和灰种人包围了他们。

奇迹王子脸上露出了胜利的笑容：特里巴斯国王正指挥救兵向广场赶来。在广场的另一边，那伙"强盗"也赶来了。奇迹王子看见了乌尔塔基姆，他正站在那群满脸胡须的欢快人群中间。

救兵来了，战争结束了，奇迹王子的魔法也消除了两位女王的分歧，这下特崴国又恢复到以前的样子啦。

望着这些蜂拥而来的"单个的"救兵，特崴国成双成对的军人们全惊呆了，哪儿还有还手之力，甚至连那一对刽子手手里的斧子也掉到了地上。无论是特崴国的居民，还是士兵，他们全惊讶地望着这些陌生人。

"我们来了，王子！"乌尔塔基姆大声说，满脸大胡子在这些"前强盗"们中显得格外突出。

"谢谢你。"奇迹王子微笑着说。

"我们斯波尔王国的人也都赶来了！"特里巴斯国王高声说。他骑在一匹高大的乳白色战马上，马鞍和辔头全都装饰得极其华丽精美。

"谢谢尊敬的国王，谢谢斯波尔王国的朋友们！"奇迹王子连连致谢。

"把这些敌人通通剁成肉酱，还是把他们全吊死？"贼王乌尔塔基姆仍是粗豪的性子，他瓮声瓮气地问，那些绿党成员一个个浑身发抖。

穿黄袍的女王马上走到奇迹王子面前，以敬畏的目光望着年轻的骑士，请求道：

"我愿替我的臣民求情，求您高抬贵手，宽恕他们，他们全是善良无辜的百姓。"

"您说得对。"奇迹王子点头，"你如今仍是特崴国法定的国王，这些特崴国的臣民全交给你处置好了。至于这些前来解救我们的人，也都是你的盟友——包括我本人，愿意听从你的命令。"

听到奇迹王子这么说，那位绿袍女王走到黄袍女王面前，大胆地请求说：

"陛下，现在我成了您的俘虏，该轮到您来审判我了，随您处置。"

"我宽恕你。"黄袍女王仁慈地回答说，嗓音甜美、友好。

那位战败的女王边抽泣着边离去了。

两位年轻的执政官齐齐走上前来，伸伸脑袋，请求道："我们也能得到陛下的宽恕吗？"

"当然，"女王点点头，肯定地回答说，"不过，我要免去你们所担当的执政官职位，我要把这个尊贵的职位授予这两位善良的队长。"女王指着队长说。

女王的这项任命，特崴国的臣民全报以热烈的掌声，因为这两位队长深得民心。齐齐听到这项任命，恼羞交加，他们不服气地辩解：

"这两位队长也跟我们一样，参加了绿党反对陛下。"

"他们只是服从你们的命令而已。"女王回答道，"我认为他们是无辜的。"

"可，我们往后怎么生活呢？"两位前任执政官齐齐茫然若失。

"你们往后就是普通的老百姓。你们可以靠伴舞给自己挣饭吃。"女王毅然说。广场上的民众全热烈欢迎女王这个决定。这两个风度翩翩的年轻人苦着脸，在众人的嘲笑声中狼狈溜走了。

"最好将他们弄到树上吊死，女王！"乌尔塔基姆仍是一副粗嗓门，大喊大叫道，"这两个家伙无论如何是没法感受到更多的生命快乐！"

那位美丽的少女轻轻摇摇头，转身问奇迹王子：

"你能留在特崴国，协助我治理这里的臣民吗？"

"恕难从命。"奇迹王子回答说，"目前，我正在海岛上漫游，我得继续我的旅行。我相信，没有我的帮助，你照样能治理好的。"

"这可不容易。"女王叹了一口气说，"我如今只是孤家寡人一个，而这个国家里所有臣民全是成双成对的。"

"既然如此，我们就到你的王宫里开个会，"奇迹王子出主意说，"看看怎么解决这个问题。"

女王下令解散广场上的民众。他们向女王热烈地欢呼鼓掌，然后回到各自的日常生活中去了。可以肯定，因为亲眼目睹了这个重大的历史事件，他们还会在很长一段时间里谈论它。

特里巴斯国王的军队和 59 个改过自新的强盗一齐奔赴宫殿，载歌载舞，热烈庆祝胜利。在奇迹王子、尼尔勒、特里巴斯国王、乌尔塔基姆以及年老的执政官和两位新当选执政官的陪伴下，黄袍女王回到了王宫。那位绿袍女王仍然伤心地流着泪，跟随众人回到王宫。

进入大殿，黄袍女王在宝座上坐定，忧伤地说："由于某种奇怪的阴差阳错，我跟我的另一半分开了。我们两个没法再像以前那样一同思考、行动，我们成了两个单个的人，正像你们一样。

　　"既然我们没法合在一块儿，那么，我们就再也没法取得一致的意见，也就不能合法地统治特崴国——这里的臣民全是一双一对的，他们的思维和行动也全都完全一致。"

　　奇迹王子说："尊敬的女王陛下，让我解释你们两个为啥分成了两个单个的人。这是因为我给你施了魔法，让你的大脑再也不能跟你同伴的大脑一块儿工作了。依我看，每个人独立思考问题，每个人都有自己的生活，这比把人们全两个两个地绑在一块儿好多了。

　　"既然你如今已成为特崴国独一无二的国王，我愿意再卖卖劲儿，给你们全国百姓念念咒语，让你们特崴国的人再别像从前那样一双一对了。"

　　"可，我们这儿的牛、马、鸡、鸭、猪、狗……哦，还有其他所有的牲畜，也都跟人似的，全是成双成对的。"那对年老的执政官提醒说。

　　"我可以再念念咒语，把所有这些成双成对的牲畜也全拆开。"奇迹王子犹豫着说。

　　"还有我们的房屋呢——为了适合国民居住，我们的房屋也都是一双一对建造起来的，每幢房屋都有两扇门、两扇窗和两座烟囱。"女王继续说。经这对执政官的提醒，她也觉着事情没那么容易。"还有这儿的花草、树木——甚至每一棵草上的叶子，也都是成双成对的。另外，还有我们这儿的道路……我们这儿所有的一切，无一不是成双成对的。只有我自己——这个国家的统治者——是孤身一人！"

　　奇迹王子现在也觉得问题并不那么简单，他并没学过该怎么把一双一对的花草、树木全拆成单个的魔法呀！此外，倘若再把整个特崴国的房屋全重建一遍，肯定让人受不了。

"既然如此，女王为什么不离开这儿呢？"斯波尔国王特里巴斯建议说，"尊敬的女王若肯屈尊俯就，到我们的斯波尔国去居住，我求之不得。这样，也就省得替特崴国烦心了。"

"你这位姊妹就跟我住在山洞里，给我的兄弟当女王得了！这个职位可比特崴国的女王强多了。"大个子乌尔塔基姆欢快地说道。他给绿袍女王找了个座垫，让她就坐在自己的脚下。

"可，我热爱这里的国土，我不希望到其他国家去生活。"黄袍女王斩钉截铁，"我也真诚地热爱我的姊妹。让我感到沮丧的是，我们姊妹俩如今竟分裂成了两个单个的人！"说到这儿，她不禁潸然泪下。

"有办法了！"尼尔勒大声说，"让我的主人再给你们念念咒语，叫你们两个重新合在一块儿。这么一来，你们两个就又成为特崴国一对女王了。这里的一切照旧，你们的统治也能够顺顺当当地继续下去了。"

黄袍女王高兴地两手一拍，把目光热切地投向奇迹王子。

"可以吗？"她恳求道，"能不能再劳您大驾，把我们姊妹俩重新合在一块儿？这么一来，所有的麻烦就全解决了！"

奇迹王子明白：这个办法最切实可行。他把那位绿袍女王领到先前属于她的宝座上坐好，又把那顶光彩熠熠的金冠戴在头上，口中念念有词。

然后，他走到一旁，朝两位女王专注地注视了一会儿。很快，两个女王就面带微笑，异口同声地说：

"谢谢您，好心的王子！"

第十七章

　　贼王乌尔塔基姆、特里巴斯国王、特崴国的一对女王、执政官齐……队伍浩浩荡荡，在奇迹王子的带领下开始了新的历险。

奇　迹王子用神奇的法术让两位女王重归于好，她们又成了特崴国名正言顺的一对好国王，年老的执政官感到喜从天降，不禁连连拍手称快。办成这件大事后，奇迹王子就领着朋友们去看望那些弟兄——目前他们正在执政官的府邸里开庆功会呢。

　　他们来得正是时候，这里几乎要闹出乱子来了——那 58 个改过自新的强盗吹嘘说：他们的武艺在特里巴斯国王那些巨人和小矮人之上。为此，这两队人马之间就发生了一场争论：究竟谁的武艺高。假如他们的主人未能及时赶到，恐怕双方早就动起手来，可能这座官邸早就血流成河了。

　　特里巴斯国王和乌尔塔基姆迅速制止了争吵，让他们的手下人都恢复了理智。他们陪同那对年老的执政官和两位新当选的执政官前往中心广场，向特崴国的国民宣布：他们的两位至高无上的女王海尔·齐如今和好如初，从今以后，她们仍将以统一的意志和思想来治理特崴国。听到这个消息后，举国欢腾——这些一双一对的特崴国人全乐意看到这个圆满的结果。

这天夜里，奇迹王子的朋友里尔斯、诺克斯和其他的一些隐身仙人悄悄来到王宫，拆去了隔在女王连体宫殿之间的高墙，把绿党攻打王宫时造成的破坏也修补好了。次日一早，客人们来到王宫，发现两位女王都穿上了一模一样的黄袍，身上装饰的祖母绿也都毫无二致，连奇迹王子也分不清她们原先哪一个是黄党，哪一个是绿党！

至于两位女王本人，她们也很难想象：曾经有过一段时间，她们竟然会分裂成两党！

见了这些朋友，她们全欣喜异常。当奇迹王子说到他继续去冒险，马上就要离开特崴国的时候，她们恳切地说：

"我们跟你一起走吧！我们应该到外面的世界走走，看看。如果我们见识了其他的国家和民族，就能更好地治理我们的特崴国。"

"这话说得在理。"奇迹王子赞许地点点头，说，"你们跟我们搭伴，一路上肯定会更有趣，可是在你们外出的时间里，谁来掌管特崴国的政事呢？"

"让两位新当选的执政官来代理。"两位女王回答说，"至于两位年老的执政官，我们也想带着他们一同去旅行。"

"这样的话，我们把启程的时间推迟到明天早上好了。"奇迹王子说，"两位陛下有时间多准备一下。"

然后，奇迹王子再回到执政官的府邸。两位年老的执政官听了这个消息，认为女王的主意不错；两位新当选的执政官也举双手赞成，他们可以借此好好锻炼一下自己处理政事的才能。

乌尔塔基姆听到了这个消息，也想加入这个团体。特里巴斯国王从没离开过斯波尔国，也提出了申请。奇迹王子欣然接受了请求。

那58个"强盗"如今由他们的二号人物甘德统领着，回到他们的山洞，继续享用奇迹王子赏赐给他们的那些财宝。斯波尔王国的巨人、灰种人和小矮人也纷纷启程，回到他们的山地国家。

第二天，这一行人早早起床，跨上马，奇迹王子率领着他们穿过树篱笆上的缺口，愉快地踏上了新的旅程。

两位女王跟奇迹王子并肩走在一起。她们各跨一匹模样相同的栗色小马驹，两匹马全有着苗条的四肢，颈部显出优美的曲线。这两匹马步伐一致，甚至摆动脖子上的鬃毛以及甩动尾巴的姿势也一般无二。他们身后的是骑着高大乳白色战马的特里巴斯国王和骑着健壮黑色骏马的乌尔塔基姆，随后是两位执政官和尼尔勒。

"当我们旅行归来的时候，"两位女王指着篱笆上的那个大窟窿说，"我们会叫人把这个窟窿堵上。特崴国跟世界上其他国家不一样，我们最好还是让它保持封闭的状态。"

"我也觉着应该堵上。"对于她们这种想法，奇迹王子没提出异议，"我并不后悔当初砍出这个窟窿。"

"由于这道篱笆的阻隔，我们才没能迅速赶来援救。"特里巴斯国王说，"为了找到你们在篱笆上砍出的这个窟窿，我们可是大费周折。这耽误了不少时间。"

"结果好就好。"奇迹王子哈哈大笑着说，"你们来得正是时候，正好把我们从利斧下解救出来。"

他们一路谈笑着，拐上了通往奥利尔国的道路——也就是尼尔勒曾听人们说起的"日落之国"。

他们周围的景物渐渐变得赏心悦目起来，牧草也更加肥美和碧绿，草地上到处点缀着青葱的林木。温暖、明媚的阳光代替了特崴国的那种黯淡的色调，甚至闻了到从海上吹来的清新气息。

他们在黄昏时分来到一家不小的农场，农场主热情地把客人迎进门，给他们端出家里最好的饭菜。

席间，客人们问起奥利尔国的风土人情，主人伤心地摇摇头，回答说：

"这是一处美丽富饶的国土，但它现在正遭受着一场空前的不幸。两年前，善良的老国王离开人世，王位被一个名叫柯维特弗勒的凶恶、残忍的魔法师窃据了。贪婪成性的魔法师，用各种手段残酷欺压百姓，逼迫他们交出所有财产。因此人们过着悲惨的生活，痛苦不堪。"

"百姓为什么不造反呢？"尼尔勒疑惑地问。

"他们不敢，"农场主回答道，"他们对柯维特弗勒的魔法害怕得要命。他曾威胁说，如果百姓敢于反抗，他就把他们全变成蚂蚱和绿花金龟子。"

"他曾把什么人变成过蚂蚱或绿花金龟子吗？"尼尔勒问。

"没有，可百姓太惧怕他的魔法了，没有谁敢反抗他。他也就一直没有机会。国王拥有一支如狼似虎的军队，百姓中有给自己留下一点儿私产的，他们会用种种刑罚去残酷折磨他。总之一句话，奥利尔国的百姓无路可走，只有服从。"

"真该吊死这个十恶不赦的家伙！"乌尔塔基姆火冒三丈。

"我真应该带着那个专杀傻瓜的刽子手。"特里巴斯国王叹了口气道，"他在这儿可闲不着。"

"我们能不能想想办法，解救这些可怜的百姓出来？"两位年轻少女焦急地望着奇迹王子说。

"我们明天去拜访这位柯维特弗勒。"奇迹王子说，"我倒要看看这位大魔法师到底是什么人。"

"天哪！天哪！"听他们这样说，主人惊恐地叫起来，"你们这些人全会变成蚂蚱和绿花金龟子的！"

可这伙人似乎根本不在意是否会变成蚂蚱或绿花金龟子，这一夜他们全都过得挺舒心。第二天，他们告别了这位好客的主人，继续朝奥利尔王国的都城进发了。

中午时分，他们到达一处森林边缘，有个穷苦人正在那儿砍柴。看到奇迹王子一行人正朝这边走来，这个人赶忙迎上去，边摆手边急切地大声喊叫道：

"别往那边走！别往那边走！"

"为什么不能往这边走呢？"奇迹王子勒住坐骑，不解地问。

"这条路可是直通柯维特弗勒的城堡。"那个人回答。

"可我们正要去那座城堡呢。"奇迹王子说。

"什么？你们要去那座城堡！"那个人简直不敢相信自己的耳朵，"你们去给人家抢劫吗？去给人家当奴隶吗？"

"只要我们敢于战斗，就不致落到那么糟糕的下场。"乌尔塔基姆哈哈大笑着说。

"如果你们敢于反抗的话，他就会把你们全变成蚂蚱和绿花金龟子！"这位穷苦人神情愕然，警告道。

"你怎么知道的？"奇迹王子问。

"柯维特弗勒就是这么说的。他说有谁敢反抗他的话，他就要向谁施魔法。"

"直到如今，你们奥利尔国就没有一个敢于反抗他的人吗？"

"当然没有！"这位穷苦人回答，"因为谁也不想变成一只蚂蚱或者绿花金龟子。"

"我倒想会会这位大魔法师。"特里巴斯国王道，"他准保是个有趣的家伙，他仅仅凭借威胁就达到了自己的目的！"

"那么我们继续前进。"奇迹王子说。

"我们怎么还敢往前走？"两位年老的执政官抗议说。既然他们做了执政官，就有义务劝诫女王别去冒险。"我们会被柯维特弗勒变成蚂蚱或绿花金龟子的！"

"到底能不能变成蚂蚱或绿花金龟子，一会儿就知道了。"奇迹王子简单地说了一句，然后继续前进。

"你们两个腿那么长，"两位年轻的女王打趣地说，"要是变成蚂蚱，一定是奥利尔国最能跳的蚂蚱！"

"伟大的基卡一库！那可太糟糕了。"两位执政官眨巴着小眼睛紧张地说，"多可怕呀！多吓人哪！尊敬的陛下，我们猜想，要是你们两个真的变成了绿花金龟子，那飞起来发出的'嗡嗡'声还不像两把电锯呀！"

第十八章

终于见到了喜欢将人变成蚂蚱或绿色金龟子的魔法师柯维特弗勒。可他真的会变化吗？

虽 然大家对这位未曾见面的大魔法师忐忑不安，这一行人全都毫不犹豫地跟着奇迹王子，踏上了通往柯维特弗勒城堡的道路。

他们来到一处森林空地上，中央矗立着一座巨大的城堡。城堡是如此的破败不堪，多处墙壁几乎坍塌，到处堆满了垃圾。

他的动作与表情表现了对这一行人胆敢闯入此地的吃惊。

有个人低着脑袋，在城堡前来回走着。当他听到这一行人的马蹄声时，立刻抬起头，愣愣地看了好一会儿。猛地发出一声怒吼，冲过去一把抓住奇迹王子坐骑的缰绳。

"你们怎么敢——"他气愤至极，"你们怎么敢闯进我的森林！"

"你是谁？"奇迹王子毫不客气地夺回马缰绳，反问了一句。

"我！你问我是谁？我是伟大的、声震全岛的大魔法师柯维特弗勒！当心！当心我给你们施魔法！"

经他这么一说，大家全好奇地注视着他。这是一个又矮又胖的家伙，一张脸圆得像马勃，长着一双通红的小眼睛，鼻子小得几乎找不着。他穿着一件黑色长袍，上面绣着许多猩红色的蚂蚱和绿花金龟子，头上戴着一顶高高的尖顶帽，帽顶上的装饰物是一只特大号的蚂蚱。另外，他的右手上拿着一根魔棒，脖子上还挂着一只用银链拴着的银哨。

看到这些陌生人全都用专注的目光望着他，柯维特弗勒想：这些人肯定是叫他给吓住了。于是，他又把嗓音提高了八度：

"小心！看我怎么报复你们！"

"该小心的是你自己！"奇迹王子冷冷地反驳道，"如果你说话再这么不懂规矩，小心我用鞭子抽你的屁股！"

"什么？抽我的屁股！"柯维特弗勒气得肺都要炸了，"等着瞧吧，我要把你们一个个全都变成蚂蚱——除非你们赶快把财物全部交出来！"

"可怜的家伙！"尼尔勒忍不住大喊一声，"我看你真是欠揍！我马上就揍你一顿，怎么样？"他一下把马鞭扬到那个家伙的头顶上。

柯维特弗勒吓得倒退了几步，赶快吹起了他的银哨。随着一阵刺耳的哨声，立刻就有一队面目狰狞的士兵从城堡里冲出来，他们有的手持钢刀，有的提着板

这是一段精彩的人物形象描写，尤其是对服饰的描写与此人的身份极为贴切。

此段将气氛渲染得非常紧张。"面目狰狞"、"虎视眈眈"两词充分表达了当时情势的凶险。

斧，排成战斗队列，虎视眈眈地望着奇迹王子他们。

"把这些大胆的闯入者全都给我抓起来！"柯维特弗勒气急败坏地吼道，"全都给我拿下，捆得牢牢的！我把他们一个个都变成蚂蚱！"

"是！"士兵队长答应一声，转身向士兵发出口令，"冲锋——跑步前进！"

于是，这100名士兵就发起了冲锋。这些士兵开始还跑了两步，然而，当他们看到尼尔勒、乌尔塔基姆、特里巴斯国王和奇迹王子一个个抽出宝剑，摆出迎战的架势时，他们就慢慢停了下来。

"你们为什么停下了？为什么还不赶快给我抓住他们？怎么不冲上去跟他们拼？"柯维特弗勒在一旁喊叫道。

"噢，因为他们不怕。他们都拔出了宝剑。"士兵队长不满地嘟囔着。

"谁在乎他们拔没拔出宝剑！"柯维特弗勒愤怒地咆哮着。

"我们在乎。"士兵队长回答说。瞧着对方手上一把把锋利的宝剑，队长不由得打了个冷战。"瞧，他们的宝剑多么锋利，扎在身上肯定能捅出个窟窿！"

"胆小鬼！你们全是胆小鬼！"柯维特弗勒尖叫着，气得几乎发疯，"我要把你们这些没用的家伙全变成绿花金龟子！"

他这么一喊，士兵们吓得一个个魂飞魄散，纷纷扔下手里的武器，哆哆嗦嗦地跪在地上求饶，求他们的国王发发善心，千万别把他们变成绿花金龟子。

"呸！真是没用！"尼尔勒最瞧不起胆小鬼，"有种的上来拼一阵，就是死在刀剑之下，也比变成绿花金龟子强啊！"

"其实，我们根本就没法冲上去拼杀！"队长伤心地说，"我们的刀剑都是锡制的，斧子全是木头的，只不过在外头包了一层银箔。"

听他这么一说，在场的客人们全大吃一惊。

"为什么你们要这么干？"乌尔塔基姆不解地问。

"哎，直到现在为止，我们从来不真正上前去拼杀。"队长解释道，"不管遇到谁，我们只要一出现，对方不是马上投降，就是赶快逃走。可你们这些人一点儿都不害怕！由于你们触怒了国王，我们这些小民可就遭殃了，我们全都会变成绿花金龟子的！"

"对！求饶也没用！"那个柯维特弗勒一边跳着脚一边怒吼道，"我要把你们这些没用的家伙全变成绿花金龟子，我会把那些大胆的客人都变成蚂蚱！"

"太好了。"奇迹王子平静地说，"你现在可以施魔法了。"

"我马上开始！"这位魔法师叫喊道。

"你为什么还不开始呢？还在磨蹭什么呢？"奇迹王

子催道。

"啊？我今天忘把魔法书带在身上了，对呀！你听说过哪个大魔法师整天把魔法书装在兜里了？"柯维特弗勒反驳道，说话的语气明显缓和了。

"你把你的魔法书藏在哪儿了？"奇迹王子问。

"藏在我的城堡里了。"柯维特弗勒怒气冲冲。<u>他摘下帽子，不停地扇着，大胖脸上开始不住地往下流汗。</u>

这些动作反映了他内心的紧张。

"好吧，回到你的住处去把魔法书取来。"奇迹王子说。

"胡说！我知道你们打的什么主意：我一回到城堡，你们就全趁机开溜了！"这位魔法帅反驳道。

"肯定不会！"尼尔勒发誓说，他差点儿被这位魔法师逗笑了，"我平生最渴望的就是变成一只蚂蚱！"

此处描写了奇迹王子一行人对魔法师的戏弄，每个人的语言都有不同的风格，体现了各自不同的性格。

"噢，是的！请把我们变成蚂蚱吧！"两位特崴国的女王异口同声地说。

"我们要蹦蹦！我们要跳跳！求你啦，请把我们都变成蚂蚱吧！"两位秃顶执政官一边恳求，一边朝乌尔塔基姆挤挤左眼。

"把我们全都变成蚂蚱吧，你无论如何得帮帮忙！"特里巴斯国王也微笑着。

"我敢肯定，你的所有这些士兵也都乐意变成绿花金龟子的。"乌尔塔基姆也说，"这样一来，他们就用不着替你卖命了。是吧，孩子们？"

　　这些士兵们彻底糊涂了，他们困惑地你瞧瞧我，我瞧瞧你。大魔法师比他们更困惑，他惊愕地望着这些人，眼睛睁得老大，嘴张得几乎合不拢了！

　　"你一定要履行你的诺言：把我们变成蚂蚱，把这些士兵变成绿花金龟子。如果你办不到，我就揍你，就像我曾经保证的那样。"奇迹王子说。

　　"好吧。"柯维特弗勒满脸沮丧地说，"我回去找找那本魔法书。"

　　"我们跟你一起去找。"奇迹王子愉快地说。

　　他们一行人都随同柯维特弗勒进了城堡里面，城堡乱得一塌糊涂。

　　"让我想想。"柯维特弗勒把他们带到他住的那间大房子里，挠挠耳朵，装出一副努力的样子，"我想，我可能把那本书放在壁橱里了。"

　　"你们不知道，"他向客人们解释说，"以前，还从没人敢要求我把他变成蚂蚱或者绿花金龟子呢。我几乎记不起魔法书放在哪儿了？噢，它不在壁橱里。"

　　"它肯定在柜子里。"他继续寻找。

　　魔法书也没在柜子里，这位魔法师继续在房间里乱翻乱找，可是，哪儿都没有什么魔法书。每当他停下来的时候，奇迹王子就沉着脸督促说："继续找！把那本魔法书找出来！别泄气，我们全等着变成蚂蚱呢！"豆大的汗珠从他的胖脸上一个劲儿地往下淌，柯维特弗勒只好继续找下去。

终于，他从枕头底下抽出一本旧书，大声说："在这儿呢！"

他把书拿到窗前，就着窗外的光线翻了几页，说："哎，真是不凑巧！要把你们变成蚂蚱，我先得配出一种药来，这种药必须在每年 9 月第一天配制，而今天已经是 9 月 18 号了！我几乎要等一年的时间，才能给你们施这个魔法！"

他对配药时间的编造充分表现了他一本正经的骗人形象。

"那么，变绿花金龟子呢？"尼尔勒问。

"噢！变绿花金龟子的药得在没有月亮的夜晚配制。"他假装读着书上的文字，"从今天算起，也就是三个星期以后的夜晚。"

"让我瞧瞧书上是怎么写的。"奇迹王子出其不意地把那本书夺了过来，翻到书的扉页，"瞧瞧，书名在这儿呢：《大盗与骗子传记》。根本不是什么魔法书！"

"我也猜想他在玩把戏！"特里巴斯国王说。

此处的比喻将他在骗术揭穿后的胆怯表现得极为形象。

"普通人是看不懂这个的！只有真正的魔法师才看得懂。"柯维特弗勒嘴上狡辩着，不过，<u>他眼下乖得像只小绵羊，低着脑袋，他的骗术被彻底揭穿了。</u>

"这本书里头也写着你的故事吗？"奇迹王子问。

"没有。"

"应该加上这么一章。"奇迹王子道，"因为你哪是什么魔法师，只不过是个彻头彻尾的窃贼、骗子！"

▎情境赏析▎

　　奇迹王子一行人勇敢地闯入了让人们感到恐怖的柯维特弗勒城，并很快与可怕的魔法师柯维特弗勒交手了。让人意外的是，魔法师手下的士兵全都是胆小鬼，只是靠装腔作势吓唬闯入者抢劫钱财。在勇敢的王子一行人面前，他们不堪一击，而那个传闻中的可怕魔法师虽然仍继续装腔作势以把人变成蚂蚱与绿花金龟子威胁王子众人，但王子众人没人害怕，并很快就冷静地揭穿了这个靠吓人维持统治的假魔法师的真面目。

　　文章对行骗魔法师形象的塑造极为成功，首先，通过细致的外貌描写将其穿着绣着蚂蚱与绿花金龟子的黑长袍的形象鲜明地展现在了读者面前；其次，通过对其反复使用将别人变成蚂蚱和绿花金龟子的语言描写，让人对其靠恐吓别人进行统治的形象形成一个标签式的印象；再次，对其骗术逐渐被揭穿时的各种紧张神情以及他为自己圆谎想出的各种方法的描写，将其一本正经的骗人形象刻画得立体、丰满而又真实。

▎名家点评▎

　　应该让孩子在童话故事中寻找欢乐，并且轻松地忘掉那些让人不愉快的经历。

——（美）弗兰克·鲍姆

第十九章

> 好久不见的老朋友终于有了消息：可怜的茜茜里小姐，被脾气暴躁、心肠狠毒的唐纳国的大坏蛋红毛阿飞给劫走了。

那些士兵想立刻把他们的主人吊死！因为他曾经折磨过他们，但奇迹王子不同意。他们最后把这位冒牌魔法师绑在柱子上，队长狠狠地给了他一顿鞭子！柯维特弗勒被揍得嗷嗷直叫，一个劲儿地求饶，可没有一个人怜悯他。

乌尔塔基姆在这个骗子的脖子上拴了根绳子，牵着他在奥利尔全国游行，每到一处，就让这个骗子大声忏悔：

"看看吧，都仔细地看看，站在这儿的这个人就是冒牌的魔法师柯维特弗勒！他曾经威胁说把你们全变成蚂蚱和绿花金龟子；可是你们全看见了，他不过是个普普通通的人，他是个骗子！"

所有的人都哈哈大笑，有人朝这位残忍、可恶的暴君扔泥巴。他们都感谢奇迹王子替他们揭穿了这个骗子的真面目。

人们拥戴老国王的儿子继承了王位，新国王励精图治，把奥利尔国的政事料理得井井有条。柯维特弗勒从百姓中搜刮的钱财，又都归还给了百姓。奇迹王子把冒牌魔法师留给新国王，让他给国王养马。不久，整个国家恢复了从前一派欣欣向荣的景象。

然后一行人就又开始了他们新的旅程。

他们向南走，平平安安一路到达了富饶的普兰塔王国。国家位于海岛南端，得天独厚，由一位善良、宽厚的女王统治着。她热诚地把客人迎进王宫，为他们举行了一系列的宴会。

特里巴斯国王成了人们关注的焦点，因为这个国家的每一个人都曾听说过他的大名，对他统治的那些凶猛、好战的国民怀有深深的恐惧。可如今，瞧见特里巴斯国王那雍容、文雅的风度，听到他深沉、温柔的嗓音，大家都开始喜爱和敬佩这位大名鼎鼎的国王了。是啊，自打特里巴斯国王从相貌狰狞的恶魔变成一个正常人之后，从此他再也不准许他的国民外出抢夺邻国的财物，他实在值得大家敬佩。

在普兰塔女王的王宫里，最受欢迎的还是特崴国的一对年轻女王。

在舞会上，要是有两个年轻人同时走上前去，邀请她们跳舞，而这一对少女呢，她们当然会异口同声地答应他们的邀请，然后迈着同样的舞步，摆出同样的舞姿，甚至连她们的笑声、她们在翩翩起舞时感受到的那种欢快的情绪，也都完全一致！

两位秃顶的执政官一直在一旁小心地守护着他们的女王，开心并尽职尽责地服侍着她们。这一次外出旅行的确令他们眼界大开，不过，执政官老人无论如何也不认为"单个人"就一定比"俩人"强。

当然，奇迹王子才是这一行人里头真正的主角。由于主人备受瞩目，奇迹王子的侍从尼尔勒当然也受到了人们的关注。他如今已经不像从前那样郁郁寡欢了。当奇迹王子问起其中的缘由时，尼尔勒回答说：他们这一路的历险十分有效地治愈了他的病，"享受"吃苦受难所能带给他的乐趣已大不如以前了。

乌尔塔基姆在交际场上可不在行，大多数时间也是在女王的马厩里度过的，他很快就跟女王的马夫交上了朋友。他用那匹高大的乌骓马换了两匹栗色马，外加一副金颈圈，他对这项公平合理的交易感到十分满意。

他们愉快地在普兰塔的王宫里度过了几周的时间，直到有一天噩耗传来，这一行人才匆匆踏上新的里程。

这天早上，他们正在王宫的大门外聚齐，打算去跑马场骑一会儿马，有个信使策马飞奔而来，高声喊道：

"谁知道奇迹王子在哪儿？"

"我就是奇迹王子。"这位年轻的骑士见有人找他，赶忙从人群里走出来。

"太好了，我的旅程总算到达终点了！"信使气喘吁吁地说。由于路途遥远，他一路上马不停蹄，骑的那匹马几乎已累得筋疲力尽。"茜茜里小姐正处在危难之中，她派我向你求救。她的父亲——伟大的莫德男爵被人杀害了，城堡被毁，他的人民不是惨遭屠戮，就是做了敌人的俘虏。"

"是谁干了这罪恶的勾当？"奇迹王子面色凝重如铁。

"唐纳国的红毛阿飞。"信使回答道，"他有意挑起纠纷，然后率领强盗攻破城堡，杀死了男爵。我也差点儿丢了性命。茜茜里小姐被掳走之前，仅对我说：'只要找到奇迹王子，他一定会来救我的。'"

"我当然会去救她！"奇迹王子大声说，"只要她还活着，我就是赴汤蹈火，也在所不辞！"

"茜茜里小姐是谁?"尼尔勒走到主人身边不解地问。

"她是我的第一位好友,我这条性命也是她给的。这面盾牌上的三个女孩就是茜茜里小姐和她的两个女友。"奇迹王子仿佛回到了他们从前在森林里相遇的那一刻。

"您打算怎么办?"尼尔勒问。

"我必须立刻前去解救她。"

大家听说奇迹王子马上出发去解救茜茜里小姐,纷纷要求陪他一同前往,连特崴国的两位女王对此行的危险都毫不顾忌。经过一番商讨,奇迹王子同意大家一块儿去会会这个红毛阿飞。

乌尔塔基姆好好地磨了磨他的那把大砍刀,尼尔勒仔仔细细地给主人备好了马。不到一个钟头,这一行人就上了马,快马加鞭地朝红毛阿飞统辖的领地进发。

奇迹王子对红毛阿飞一无所知,不过尼尔勒倒知道不少。红毛阿飞曾是唐纳国一位高深魔法师兼学者的仆从,那位魔法师居住在唐纳国一座古老而宏伟的城堡中,他的领土十分辽阔。

这个仆从长得极其矮小和羸弱,甚至比一般的侏儒还矮小,主人一直以为这个家伙不值得他提防。一天夜里,当魔法师正在城堡的最顶端站着时,这个小侏儒从后头猛地一推,魔法师就跌了下去,摔在地面上的一块尖石头上,立刻死了。

害死主人之后,他翻出主人的魔法书,找到了一个能让人长高的药方。他照书上的方子配了一服药,吞了下去。他的身体立刻开始长大长高,他欣喜异常。可他的身体很快就超过了一般人的身量,并且迅速地变成一个巨人!他赶快从书里找出一个方子以消除这副魔药。

在找到这个方子之前，他已经长成一个巨型的怪物！那本书里没有一个方子能使人变小，他只好一直保持着这副庞然大物式的身躯。

这些事发生在同一个夜晚。第二天早上，这个谋杀了主人的仆从宣布：从此以后，他就是这座城堡的主人。他的身材是那样高大，没有人敢于提出异议。他生着一头火红的头发，变得高大之后，他的整个脸部都被浓密的红胡子遮盖住了，因此，人们就习惯地称他为"红人"。他干的邪恶勾当和好斗的脾气在整个魔法岛上出了名，人们开始称他"唐纳国的红毛阿飞"。

他的周围聚集了一批邪恶、好斗的亡命之徒，因此，整个魔法岛上没有人敢跟他作对。

杀害莫德男爵的正是这个红毛阿飞，他把男爵的城堡夷为平地，抓走了男爵的独生女茜茜里小姐和她的两位女友——贝尔娜和海尔达，把她们关在幽暗的城堡里。

红毛阿飞一点儿没去考虑这个罪恶可能会给他带来什么样的后果，自以为干了件聪明事。有一天，一个手下人跑进城堡，报告说，奇迹王子正带领着一群人朝城堡的方向赶来，计划救出茜茜里小姐。

"他们有多少人？"红毛阿飞问。

"总共八个人。"手下人报告说，"其中有两个女人。"

"凭这些人，就想夺走茜茜里小姐？"红毛阿飞大笑道。他的笑声就像半空里响起一个霹雳，"哈哈，我要把他们一个个全生擒活捉！"

手下人恐惧地望着主人，继续说：

"这位奇迹王子声震四方，全海岛的人都在谈论他那非凡的武艺和勇气，是他征服了斯波尔国的特里巴斯国王。眼下，这位威名赫赫的国王已经成了奇迹王子的朋友，而且成为这八个人里头的一个。"

听到这儿，红毛阿飞就笑不出来了，因为斯波尔国的那位吓人的国王对他来说并不陌生。他明白，一个征服了特里巴斯国王手下的那些巨人、小矮人和灰种人的英雄，肯定不是好惹的。红毛阿飞还有个致命弱点——这个秘密只有他一个人知道：他并没获得与他那巨人身材相对应的能力，他的整个身躯仍然像从前那样柔弱无力！因此，他总是凭借诡计和他的庞大身躯给对方造成的恐惧以战胜对手。如今，他觉得这个奇迹王子不能小视。

"你刚才说这伙人里还有两个女人？"

"是的。"手下人回答道，"这伙人里还有特里巴斯国王，以及鼎鼎大名的乌尔塔基姆——从前那个江湖上的劫匪，如今他也成了奇迹王子的忠实仆从。此外还有两位老头，这两个人长得一模一样，都是一副凶巴巴的模样。听说，这两个人来自隐秘的特崴国。"

红毛阿飞一听着实吓破了胆，不过，他自信能够战胜强敌。他知道，要想战胜这位奇迹王子，最好智取——凭借他一向擅长的诡计和骗术。

在红毛阿飞从前的主人、高明的魔法师和学者的遗物中，有两面镶嵌在城堡大厅墙上巨大的魔镜。这两面镜子一直用厚厚的帷幕蒙着，因为它们具有一种可怕的魔力：不论是谁，只要往镜子里一看，他的影像就一下子被镜子抓住了，他自己也立刻就变成了一个隐身人——除了镜子里还有他的影像之外，谁也看不见他了。

为了阻止奇迹王子救出茜茜里小姐，红毛阿飞想到了这两面从没用过的魔镜。于是，他悄悄溜进大厅，揭下其中一面镜子上蒙着的帷幕，然后躲进一间屋子里，随后派一名仆人从城堡后面的楼梯上楼，叫茜茜里小姐和她的两个女友下楼来见他。

当茜茜里小姐走进大厅时，墙上的大镜子立刻吸引了她。她停下脚步，朝镜子里自己的影像望了望，她的两个女友一齐盯着镜子里的影像看。一瞬间，这三个女孩立刻变成了隐身人，除了那面魔镜里还映着她们的影像。

红毛阿飞此时正从隔壁房间的一道门缝往外偷看，当他看到这三个女孩儿一下子不见了人影，不禁高兴得大笑起来，得意忘形地嚷嚷说：

"奇迹王子有本事，就让他自己进城堡来找茜茜里小姐吧！"

那三个女孩儿呢？她们一直在城堡里漫无目的地走着，因为不仅别人瞧不见她们，她们相互之间也瞧不见；她们不知道该做什么，也不知道该走到哪儿。

> 这真是一次绝对真正的历险，以前的任何一次冒险都没有这么刺激，连奇迹王子都不知如何是好了。

奇迹王子一行人很快就来到了红毛阿飞的城堡前，红毛阿飞正装出一副彬彬有礼的样子在城堡的大门外迎候。但他那张通红的大脸上却显露出一股邪恶的洋洋得意的神情。

"我要求你立即释放茜茜里小姐和她的伙伴！"奇迹王子厉声说，"另外，我来你的城堡，还想向你讨教杀害莫德男爵的理由。"

"那您恐怕是找错了地方。"红毛阿飞狡猾地抵赖道，"因为我既没杀害什么男爵，也没关押任何一个叫茜茜里小姐的人。"

"你是唐纳国的红毛阿飞吗？"奇迹王子疑惑地问。

"人们是用这个绰号来称呼我的。"红毛阿飞一点儿不否认。

"既然如此，那你就是在骗我。"奇迹王子说。

"不，没有骗你！"红毛阿飞脸上却显露出嘲弄的神情，"我压根儿就没骗过任何人！你要是不相信的话，欢迎你自己进城堡去搜查。"

"当然要搜查，"奇迹王子冷冷地说，"不管你同意不同意。"奇迹王子下了马，打算亲自进城堡去搜查。但他的侍从尼尔勒马上拦住了自己的主人，主动请求去城堡搜查。

"可是，如果你在城堡里发生了意外，怎么办？"奇迹王子担心地说。

"万一我遭了不幸，"尼尔勒说，"您还可以替我报仇。"

"好吧。"奇迹王子思索着，"你先进城堡去搜查，我和大家在城堡外等候。如果你万一发生什么意外的话，我就找红毛阿飞算账！"

就这样，奇迹王子派他的侍从尼尔勒先进城堡去搜查。当这个勇敢的小伙子从红毛阿飞身旁经过时，这个家伙朝他点点头，心里得意极了。

尼尔勒走进城堡大厅，开始四下张望，但一个人影也没有。尼尔勒又向前走了几步，突然，他吃惊地发现：在墙上挂着的一面大镜子里，除了有他自己的影像之外，还映着他们要找的那三个女孩儿的影像。

"噢，她们在这儿呢！"他高兴地叫喊起来，却一点儿没听见自己的声音！他仔细瞅瞅自己，身体没有了！他已经变成了一个隐身人！

奇迹王子和他的朋友们一直守候在城堡的大门外，时间一点一点过去了，但一直不见尼尔勒出来，奇迹王子有点儿不耐烦了。

"怎么，你对我的侍从耍了花招？"

"没耍什么花招呀。"红毛阿飞理直气壮地回答，"我一直在城堡外陪您等着，您都瞧见了，我一时一刻也没离开过这儿！"

"我进去找他！"特里巴斯国王大声说，还没等奇迹王子开口，他已经踏进了城堡门。当然，跟尼尔勒一样，特里巴斯国王也陷入了红毛阿飞布下的阵。奇迹王子和他的朋友们又等了很久。

接着是大个子乌尔塔基姆主动请缨。他拔出宝剑，怒气冲冲地跨进城堡的大厅。然而，又一个钟头过去了，乌尔塔基姆也一去不回。

红毛阿飞的计谋大获全胜。望着奇迹王子满脸困惑不解的神情，他得意地哈哈大笑起来。

奇迹王子此时的确是百思不得其解，他怎么也猜不透红毛阿飞耍的是什么招数。这时，特崴国的两位年轻女王也想到这个神秘莫测的城堡里去一探究竟。奇迹王子劝说不了，只好说：

"好吧，我们全都一起进去。这样，我和两位执政官也好对你俩有个照应。"红毛阿飞当然乐意他们全都进去啦，因为这样的话他就可以把他们全都一网打尽了！就这样，奇迹王子率领特崴国的两对朋友从红毛阿飞这个坏蛋的身旁走过，他们小心翼翼地跨进城堡，走进那个空旷的大厅。

大厅里空无一人。他们很快就走到了那面有着可怕魔力的大镜子前。他们全都在魔镜前止住了脚步，两位女王一下子惊叫起来，而那两位年老的执政官也不由得惊叫一声："伟大的基卡一库！"

所有进入城堡的人全在那面镜子里！三个女孩、尼尔勒、乌尔塔基姆、特里巴斯国王，还有刚刚进入城堡的两位女王和两位执政官，除了奇迹王子，一个不少！这是由于这面魔镜只能映照和抓住凡人的影子，奇迹王子是仙人，当然就无可奈何了。

奇迹王子刚瞧见所有人的影像都映在镜子里，紧接着他就发现，两位女王和两位执政官都不见了。巨大的城堡大厅里只有他一个人在那儿站着，而随他一同前来的七个人全都在镜子里！还有茜茜里小姐她们。所有的人全从那面大镜子里以焦急的目光望着他，好像在恳求他赶快把他们解救出来。

奇迹王子怒气冲冲地冲出城堡，想找红毛阿飞算账，可是这个狡猾的骗子已经躲了起来。他把自己严严实实地藏在城堡顶楼的一个隐蔽的房间里。

时间一分一秒地流逝着，奇迹王子心急如焚，但他一时也不知道怎么办才好。红毛阿飞拿来对付他们的这种魔法他从没听说过，不知道该怎么解救这些被困在镜子里的朋友们。

奇迹王子焦急地在城堡里到处寻找，但整个城堡空荡荡的，因为红毛阿飞已经命令手下所有的人都躲藏了起来，他一个人影也见不着。

无奈的奇迹王子再一次回到那面神秘的魔镜前，伤心地望着镜子里朋友们的影像，而这些被囚禁在魔镜里的朋友们仍在用急切的目光默默地看着他。

倏地，奇迹王子一下子被红毛阿飞激怒了：他竟然斗不过唐纳国一个卑鄙、龌龊的无赖！愤怒之极他抓住剑身，猛地用剑柄朝魔镜砸去。只听"哐当"一声，魔镜破了，千百块碎片落了一地。

立刻，他的那些朋友全都现出了原形。红毛阿飞的魔法被打破了，他们从城堡的各个角落跑出来，拥进大厅——他们一直在城堡的各处游荡，只是谁也瞧不见谁罢了。

他们兴高采烈地互相打着招呼，一齐聚到奇迹王子的身旁，衷心地感谢他把他们从红毛阿飞的魔法中解救出来。刚开始，茜茜里小姐跟她的两个朋友贝尔娜和海尔达还有些腼腆，不过，当她们看见一年前由一位美丽的仙女变成的奇迹王子时，老友重逢，她们就显得格外亲切。经奇迹王子介绍，很快，她们跟其他朋友也熟悉起来。

特崴国来的两位女王立刻就引起了茜茜里小姐的注意。她们两个是那么美丽，她们的言行举止又是那么与众不同，茜茜里小姐很快就喜欢上了她们。最终，尼尔勒成为茜茜里小姐最亲密的朋友。对尼尔勒来说，茜茜里小姐更热诚，也更接近他的身份和地位，特崴国的两位女王显得有些神秘和不同寻常。

这行人一边庆贺胜利，一边朝城堡外走着的时候，红毛阿飞从后面赶了上来。见他的诡计已化为泡影，他的俘虏全都获得了自由，听见魔镜碎裂时发出的巨大声响，他赶忙从藏身的地方跑了出来。一股怒气冲上头顶，他失去了理智。他抄起一把板斧冲出来，忘记了自己外强中干的致命弱点，打算给奇迹王子来个出其不意。

奇迹王子早有心理准备，他早已熟悉了他卑鄙的流氓本性。他眼疾手快，抽出宝剑一下刺中红毛阿飞那条挥舞着大斧的胳膊。这一剑又准又狠，只听这个家伙痛苦地大叫一声，手中的板斧哐啷一声掉在了地上。

奇迹王子一把揪住他的耳朵，把他拖上城堡的台阶，每上一个台阶，这个家伙就疼得喊一声"饶命"，那副巨大的身躯可笑地颤抖着，就像风中的一片败叶！

奇迹王子继续揪着红毛阿飞的耳朵进了大厅，瞧都不瞧这个家伙一眼，想找个牢靠的房间把这个害人精关起来。此时，奇迹王子一眼瞧见了用帷幕遮着的第二面魔镜。他的一只手揪住这个家伙的耳朵不放，另一只手把帷幕拽了下来。

红毛阿飞的耳朵被奇迹王子揪得生疼，他想瞧瞧奇迹王子要干什么。红毛阿飞一扭身，就瞧见了他自己映在魔镜里的影像。这个作恶多端的家伙号叫一声，立刻就消失了。打这以后，他就成了隐身人，只有他那红头发红胡子的狰狞面相一直在魔镜里朝外张望。

奇迹王子不由得露出了快慰的笑容。他用帷幕把那面魔镜严严实实地遮住了。这个红毛阿飞终于得到了应有的惩罚，也许这个家伙会一直被囚禁在这面魔镜里，直到世界末日！

一年的时间很快就过去了，奇迹王子的历险也要画上休止符了。

奇迹王子和他的朋友们离开城堡之后，红毛阿飞手下的那伙匪徒才溜进大厅去寻找他们的主子。整个城堡一片死寂，他们找遍了城堡里所有的房间，可哪儿都没有红毛阿飞的影子。那群乌合之众都惊恐地逃离了那个地方，再也不敢回到城堡里来了。

奇迹王子和朋友们愉快地踏上了前往海格王国的旅程，因为尼尔勒热情地邀请他们到他父亲的城堡里来做客。一路上，他们全喜气洋洋地庆贺他们的成功，只有茜茜里小姐常常回想起父亲的遭遇，不免潸然泪下。

尼尔勒的父亲尼加尔男爵，富有而且极其善良和好客，因此，奇迹王子和朋友们在男爵的城堡里受到了热情的款待。

男爵夫妇高兴地把尼尔勒抱在怀里，看到儿子经过一年的游历，平平安安地回到家，他们自然大喜过望。

"你治好了自己的病——就是那种总是渴望得到自己所没有得到东西的焦躁情绪了吗？"父亲急切地问。

"没完全治好。"尼尔勒笑着说，"我已经学会了向自己的命运妥协，不论我走到哪儿，都能看到这样的人：他们渴望他们所没有的东西，一旦这些东西到手，他们也许并不那么珍惜了。这也许就是大多数人的宿命——人们不可能事事如愿。今后，我会努力让自己感到满足的。"男爵听了这话欣喜异常。为了庆祝儿子的平安归来，男爵在城堡里大摆筵席，款待尼尔勒的朋友们。

两位特崴国的女王在男爵城堡里愉快地度过了一段美好日子，渐渐动起思乡的念头。她们觉得这些日子在外头见识了不少，如今该安安心心地去治理生活在那里的纯朴百姓了。尼加尔男爵派了 20 名兵丁，护送两位女王和两位年老的执政官平安地回到特崴国。

回到特崴国的土地上，两位女王做的第一件事就是派人把窟窿堵上，然后再把那道树篱笆好好修理了一遍。打这以后，我就没听说有谁找到树篱笆上的窟窿，再一次走进那个神秘的王国。所以，我也就没法告诉你这个特崴国后来是怎样一幅景象了。

特里巴斯国王也跟尼尔勒道别，骑马回到斯波尔王国。身材魁梧的乌尔塔基姆陪特里巴斯国王走了一程，在自己的洞口被那 58 个"强盗"迎进山洞，靠着奇迹王子赐给他们的那宗财宝，过起了平静的生活。

尼尔勒的母亲愉快地接纳了无家可归的茜茜里小姐和她的两位朋友，她们就在男爵的城堡里安了家。过了几年，当她们全长成美丽的大姑娘之后，茜茜里小姐与尼尔勒正式成婚，真正成为了城堡的主人。

奇迹王子在城堡中度过了一段幸福的时光，每天享受着尼加尔男爵的盛情款待，日子过得好不舒心。然而，好景不长，随着特崴国的女王和执政官、特里巴斯国王以及忠诚的乌尔塔基姆这些好友的离去，他的笑声也没有先前那么多了，年轻的骑士开始变得沉郁和不安起来。

奇迹王子对尼尔勒却显得格外亲切，晚间道别的时候都会紧紧握住他的手，经过一年的朝夕相处，奇迹王子十分喜爱这个诚实的小伙子。他们有时也会坐在一块儿促膝长谈，尼尔勒从他的谈话中获得不少教益，这对他的一生非常有用。

一天，奇迹王子把茜茜里小姐叫出来，问道：

"你愿意陪我去一趟鲁尔拉森林吗？"

"当然愿意！"茜茜里小姐爽快地答应道。她叫来她的好朋友贝尔娜和海尔达，他们骑上马匆匆上路，因为去鲁尔拉森林要走很远的路。

将近中午，他们踏进了那片广袤的鲁尔拉森林。他们走的那条路对女孩儿们来说已十分陌生，奇迹王子很容易就找到了通往森林腹地的道路。

他小心地带领她们顺着林中小径往前走着，他那匹漂亮的战马步态高贵而优雅。终于，他们来到了那片林中空地上。

奇迹王子止住了身下的坐骑，茜茜里小姐和她的女友们抬头朝四周望望，终于认出了这个地方。

"噢，"茜茜里小姐高兴地叫了起来，"我们来到了'仙人居'！"

她转过身，轻轻地问奇迹王子：

"王子，这一年的时间快结束了吗？"

奇迹王子脸上现出淡淡的微笑，还带有几许凄然的神情：

"还有五分钟，我在魔法岛上一年的游历就该结束了。"

三个女孩儿在长满苔藓的空地上坐了下来，等待那个时刻的到来。奇迹王子静静地站在马旁。他身上那套镶金的银盔铠甲还闪闪发亮，那面盾牌也没有丝毫的损坏。他将那把宝剑轻轻地握在手上，他的战马不时转过头来，恋恋不舍地望着自己的主人。

当那个时刻到来的时候，情况并不像她们想象得那么惊天动地。一切变化都来得那样平静和突然——转瞬之间，奇迹王子就在她们中间消失了，那匹身材修长的战马一下子冲出"仙人居"，迅速跑进森林深处。空地上，留下了一块树皮、一根树枝，还有茜茜里小姐那件白色的天鹅绒斗篷。

三个女孩儿长长地嘘了一口气，相对而视，感到一丝淡淡的茫然。这时，清脆的笑声在她们耳边响起，三个人倏地立起身。

在她们面前的是一位姣美、玲珑的仙女，身上闪动着的玫瑰和珍珠光泽的衣裙，像烟霞一般轻柔和飘逸，她的一双蓝莹莹的眼睛，明亮得就像两点星光。

"奇迹王子！"她们不约而同地大叫起来。

"不，我不是奇迹王子。"仙女撅起漂亮的小嘴，大声道，"我只是我自己，除此以外，我谁都不是。现在，我可以心满意足地再活上几百年，上千年。我的确很喜欢这一年作为凡人的经历；可我发现，仙人毕竟比凡人有不少优越之处！

"好啦，再见，我的朋友们！"

美丽的仙女浅浅地一笑，然后就消失在密林中了。空地上只留下三个怅然若失的女孩儿。

尾　声

大约在奇迹王子返回仙界的 100 年之后，魔法岛上发生了一件奇怪的事。

大家也许还记得唐纳国那座荒凉的古堡。有一天，那面被奇迹王子用帷幕仔细遮盖着的魔镜从墙上掉下来摔了个粉碎。一个胖胖大大的巨人从古堡中走了出来，他的头发和胡子像熊熊烈火。他用惊异的目光愣愣地望着周边荒凉的景象。

这就是那个被奇迹王子囚禁的红毛阿飞，魔镜摔碎了，他获得了自由。

他茫然地走出古堡，一路上遇见的全是些奇奇怪怪的东西。在这 100 年间，魔法岛上发生了天翻地覆的变化。岛上又冒出了一些新的强国，人们建造起不少庞大的都市。岛民渐渐受到文明的熏陶，再也不像从前那样互相争战、抢夺或醉心于魔法了。他们全都勤勤恳恳地工作，过着高尚的、令人崇敬的生活。

红毛阿飞不得不靠自己的一双手给自己挣饭吃。他给一位豪富的大贵族挖土，这位贵族的姓名他以前从没听说过。

他常常停下乏味的挖土活计，倚着铁锹发呆，昔日的匪徒生涯又历历出现在他的脑海里。此时，他总是困惑地摇摇满头的红发，嘴里不住地嘀咕：

"真奇怪这个奇迹王子到底是个什么人！也不知道他如今怎么活着！"